少年探偵　25

空飛ぶ二十面相

江戸川乱歩

もくじ

空飛《そらと》ぶ二十面相《めんそう》

装丁・さし絵　藤田新策

少年探偵

空飛ぶ二十面相

江戸川乱歩

R《アール》すい星《せい》

はじめてそのふしぎなすい星《せい》を発見《はっけん》したのは、イギリスの天文学者《てんもんがくしゃ》でした。そのすい星は、いままでに知られているどのすい星ともちがった、奇怪《きかい》なすい星でした。

すい星といえば、天空《てんくう》の迷子《まいご》のような星で、うしろにほうきのようにひらいた、白い光の尾《お》をひいているのがふつうですが、こんどのすい星は、その光の尾が、ネジのようにグルグルまわっているのです。光のネジは、さきのほうほどふとい輪《わ》になって、それがゆっくりまわっているのです。

発見されるとすぐ、その望遠鏡写真《ぼうえんきょうしゃしん》が、世界《せかい》じゅうの新聞にのり、大さわぎになりました。各国《かっこく》の天文学者は、大望遠鏡《だいぼうえんきょう》にしがみついて、そのすい星をしらべました。

それは、ふつうのすい星とは、まったくちがった、奇妙《きみょう》な星でした。すい星がなにでできているかは、まだよくわからないのですが、ふつうは、小さな粒《つぶ》があつまって、光のかたまりとなったものだといわれています。

しかし、こんどのは、粒のあつまりでなくって、ひとつの小さな星が、うしろにネジネジの光の尾をひいて、とんでいるのです。

このふしぎな星は、形《かたち》がすい星《せい》ににているので、R《アール》すい星《せい》と名づけられました。さいしょ発見《はっけん》した学者《がくしゃ》の名前の頭文字《かしらもじ》をとったものです。

しばらく日がたつと、Rすい星は肉眼《にくがん》でも見えるほどに、近づいてきました。ネジのような光の尾《お》が、グルグルまわっているのも見えるのです。

夜になると、東京《とうきょう》でも、ニューヨークでも、ロンドンでも、パリでも、モスクワでも、世界《せかい》じゅうの人が、空をあおいで、このきみの悪《わる》いすい星をながめるのでした。そして、心配《しんぱい》そうに、ボソボソとささやきあうのでした。

そのうちに、恐《おそ》ろしいうわさがひろがってきました。

Rすい星は地球《ちきゅう》にむかって進《すす》んでいる。地球の軌道《きどう》にぶっつかるかもしれない。大しょうとつをおこして、地球は分解《ぶんかい》してしまうかもしれない。そういうことを、どこかの国の天文学者《てんもんがくしゃ》がいいだすと、つぎつぎと、それに同意《どうい》する天文学者が出てきたのです。

各国《かっこく》の天文学者は、むちゅうになってRすい星の軌道を計算《けいさん》しました。そして、地球としょうとつする、しないと、二つの説《せつ》にわかれて、大論争《だいろんそう》がつづきました。

全世界《ぜんせかい》の人々は、ふるえあがってしまいました。もし大しょうとつがおこれば、地球そのものがくだけちってしまうのです。原子力戦争《げんしりょくせんそう》どころのさわぎではありません。原子力戦争ならば、ふかく地下に穴《あな》をほって、たすかるくふうもありますが、すい星の大しょうとつには、なんの方法《ほうほう》もないのです。地球《ちきゅう》は大爆発《だいばくはつ》をおこし、こなごなになって、人間も、動物《どうぶつ》も、植物《しょくぶつ》も、一瞬《いっしゅん》にとけてなくなってしまうのです。

地球にしょうとつするか、しないかという天文学者《てんもんがくしゃ》の論争《ろんそう》は、ますますはげしくなってきました。天文学者ばかりではありません。人がふたりよれば、その議論《ぎろん》がはじまるのです。そして、世界《せかい》じゅうの人間が、しょうとつするという派《は》と、しない派と、二つにわかれて、毎日《まいにち》毎日、あらそっているありさまでした。

もし、しょうとつするときまってしまえば、世《よ》の中《なか》はたいへんなことになったでしょう。地球《ちきゅう》の人類《じんるい》が、みんな死《し》んでしまうときまれば、だれもはたらかなくなるでしょう。工場《こうじょう》の機械《きかい》は動《うご》かなくなり、学校《がっこう》へはだれもいかなくなり、裁判官《さいばんかん》も警察官《けいさつかん》も、つとめをなげだしてしまい、みんなは、したいほうだいのことをして、あそびまわったでしょう。どろぼうなんかあたりまえになり、とりたいものをとり、たべたいものをたべるというありさまで、おまわりさんも、そのなかまになってしまうのですから、もうめちゃくちゃです。ほんとうに、この世の終わりなのです。

気のよわい人は、大しょうとつまで生きている勇気《ゆうき》がなくて、自殺《じさつ》するかもしれません。あちらにも、こちらにも、自殺者《じさつしゃ》が、ぞくぞくあらわれることでしょう。

しかしさいわいなことに、そこまでにはいきませんでした。世界の半分以上《はんぶんいじょう》の天文学者が、しょうとつしないといいはっていたからです。その中には天文学《てんもんがく》の権威《けんい》といわれるような、えらい学者も、たくさんありましたので、人々はその説《せつ》にすがって、わずかな心をおちつけていました。この世《よ》の終わりの、めちゃくちゃさわぎは、まだおこりませんでした。

すると、こんどは、またべつのうわさがひろがってきました。

ある国の天文学者《てんもんがくしゃ》がいいだしたのが、たちまち、新聞や、テレビ、ラジオで、世界《せかい》じゅうにひろがったのですが、Rすい星《アールすいせい》の軌道《きどう》が、どうもおかしい。天文学上《てんもんがくじょう》の法則《ほうそく》どおりに進《すす》んでいない。もしかしたら、あれは、自分かってにとんでいる、巨大《きょだい》な宇宙船《うちゅうせん》ではないか、という説《せつ》なのです。

どこか、遠い遠い星に、ひじょうに進歩《しんぽ》した生物《せいぶつ》がすんでいて、すい星のような巨大な宇宙船をつくり、宇宙をとびまわっているのではないかというのです。もし、そうだとすれば、Rすい星の大きさから考えると、この宇宙船には何千何万の生物が乗《の》りこんでいるにちがいありません。一つの都会《とかい》が空をとんでいるようなものなのです。

それが地球《ちきゅう》のほうにむかって進んでくるのですから、彼《かれ》らは地球に人間という進歩した生きものがいることを知っていて、地球を見物《けんぶつ》するために、やってくるのかもしれません。

それならば、大しょうとつをおこすようなことはないでしょうが、そのかわりに、こんどは、どんなきみの悪《わる》い生物《せいぶつ》がやってくるかと、それが心配《しんぱい》になってきます。もし、相手《あいて》が、地球《ちきゅう》を征服《せいふく》しようなどと考えているとすれば、たいへんなことです。

各国《かっこく》の天文台《てんもんだい》から強力《きょうりょく》な電波《でんぱ》で、R《アール》すい星《せい》にむかって通信《つうしん》が発《はっ》せられました。もし生物が乗《の》っていれば、答えの通信があるだろうと考えたからです。

しかし、なんの答えもありません。先方《せんぽう》のことばがわからないのですから、意味《いみ》をつたえることはむずかしいけれど、いろいろなやりかたで通信してみましたが、なんの手ごたえもないのです。

*ソ連やアメリカでは、Rすい星と通信をかわすために、人工衛星《じんこうえいせい》をうちあげる計画《けいかく》がたてられました。

そんなさわぎのあいだに、Rすい星のぶきみな姿《すがた》は、グングン、地球に近づいていました。

夜になると、それが恐《おそ》ろしい大きさで、空にかかっているのです。昼間でも、目をこらせば、うっすら見えるほどになってきました。

＊ソビエト社会主義共和国連邦のこと。一九九一年に解体し、ロシア連邦など十五の国に分かれた

カニ怪人《かいじん》

そんななかの、ある夜のことです。千葉県《ちばけん》の銚子《ちょうし》に近いS《エス》という漁師町《りょうしまち》に、ふしぎなことがおこりました。

午前三時ごろ、朝のはやい漁師たちもまだおきない真夜中《まよなか》に、海のほうで恐《おそ》ろしい音がしたのです。

町の人は、みんな目をさましましたが、なんの音だかわかりませんでした。軍艦《ぐんかん》に乗《の》って戦争《せんそう》にいったことのある老人《ろうじん》は、大きな砲弾《ほうだん》が海におちて爆発《ばくはつ》した音に、にているといいました。しかしいまごろ、こんなところへ砲弾をうちこんでくるわけがありません。

朝になって、船をだしてみますと、海岸《かいがん》から一キロほどいった海面《かいめん》が、いちめんに赤黒くにごっていることがわかりました。そのへんに、なにか大きなものが、おちたにちがいありません。しかし、ふかい海ですから、なにがおちたか、きゅうに、しらべることもできません。大きな隕石《いんせき》でもおちたのではないかということで、うやむやにおわってしまいました。

別所次郎君《べっしょじろうくん》はS町の漁師の子で、小学校六年生でした。おとうさんや、にいさんは、朝の四時ごろには、もう船に乗《の》って漁《りょう》にでかけるので、次郎君《じろうくん》も早起《はやお》きです。朝はやく、町からすこしはなれたところにある、岩山の上へいって、朝日ののぼるのを見るのがだいすきでした。あの恐《おそ》ろしい音のしたあくる朝も、次郎君は、その岩山の上に立って、太平洋《たいへいよう》の水平線《すいへいせん》を見つめていました。

水平線には、雲が長くたなびいて、それがまっ赤《か》にそまっています。太陽《たいよう》が、いま、のぼろうとしているのです。

雲のあいだから、もえるような金色《きんいろ》の太陽がのぞきました。そして、みるみる大きなまるい姿《すがた》をあらわしてきます。あたりが、にわかに明るくなってきました。

頭の上には、R《アール》すい星《せい》が、まだぼんやりと、ひかっていました。さっきまでは、はっきり見えていたのが、太陽の光に消《け》されて、だんだん、うすらいでいくのです。

岩山のきゅうながけの下をのぞいてみると、ドドドン、ドドドンと波《なみ》がうちよせて、白いあわをたてています。

ふと気がつくと、岩山の下のほうが、なにかモヤモヤと動《うご》いているように思われました。

「へんだなあ、岩が動くはずがないが。」

と思って、よく見ると、それは、たくさんのカニが、岩はだをのぼってくるのでした。大きいのや、小さいのや、何十ぴきというカニが、むらがって、のぼってくるのです。

次郎君《じろうくん》は、こんなにたくさんのカニを見たのは、はじめてでした。ウジャウジャと、八本の足を動《うご》かして、のぼってくるのを見ていると、なにか悪《わる》いことのまえぶれのようで、恐《おそ》ろしくなってきます。

カニどもは、もう岩山の上まで、のぼりついてきました。そして、次郎君の立っている足のほうへ、ゾロゾロとはいよってくるのです。

そのときです。

次郎君は、岩山の下の海面《かいめん》に、へんなものを見ました。たくさんのカニは、やっぱり、なにかのまえぶれだったのです。そのものは、あわだつ海面からヌーッと、青黒《あおぐろ》い姿《すがた》をあらわしました。

それは大きな海ガメのこうらのように見えました。青銅色《せいどうしょく》をした海ガメです。

それが、だんだんあらわれてくると、青黒いこうらの下に、ピカピカひかる、二つのまるいものが見えました。黄色《きいろ》く電灯《でんとう》のようにひかっているのです。あっ、目です。怪物《かいぶつ》の二つの目です。

次郎君は「キャッ」といってかけだしました。岩山からとびおりて、近くの森の中へ、いちもくさんに逃《に》げこみました。それが、うちにかえる近道《ちかみち》だったからです。

そのとき、怪物《かいぶつ》は、水面《すいめん》から全身《ぜんしん》をあらわしていました。頭《あたま》は巨大《きょだい》なカニの形《かたち》をしています。そこに二つの目がひかっているのです。頭の下に胸《むね》のようなものがあって、そこからカニのはさみににた、二本の腕《うで》が、ニューッと出ています。そして、二本の足があって立って歩くらしいのです。全身青黒《ぜんしんあおぐろ》くて、青銅《せいどう》でできているような感《かん》じです。

怪物は恐《おそ》ろしい速《はや》さで、岩山の上にのぼりつきました。そして、次郎君《じろうくん》が森の中へ逃《に》げこんでいくのを見つけると、パッとよつんばいになって、そのあとを追《お》いました。その速《はや》いこと。巨大なカニが、えものをおっかけるのと、そっくりです。

次郎君は、森の中へ逃げこみながら、うしろをふりむきました。あっ、怪物が恐ろしい速さで、近づいてきます。

もうだめだと思いました。気がとおくなりそうです。足が動《うご》かなくなって、グタグタと、ひざをついてしまいました。

「アナタ、ニンゲンデスカ。」

へんてこな声が、耳のそばで、聞こえました。「あなた人間ですか」と聞いているのです。怪物がものをいったのです。それにしても、「人間ですか」なんて、なんというへんな聞きかたでしょう。

つむっていた目を、思いきってひらいてみると、すぐ目の前に、あのいやらしい青黒いカニのおばけが、立ちはだかっていました。

恐《おそ》ろしい目が黄色《きいろ》くひかっていますが、べつに、食《く》いついてくるようすもなく、「人間ですか」なんて、まぬけたことをいっているので、いくらか安心《あんしん》しました。

「アナタ、ニンゲンデスカ。」

カニのおばけは、また、同じことをくりかえしました。ばかばかしくても、こたえないわけにはいきません。

「そうです。人間です。」

次郎君《じろうくん》は、勇気《ゆうき》をだして、大きな声でこたえました。

「ココハ、チキュウノ、ニホンデスカ。」

地球《ちきゅう》の日本ですか、と聞くのです。これもへんな聞きかたです。

「そうです。日本です。」

「トウキョウデスカ。」

「ちがいます。東京《とうきょう》は、ずっと遠くです。」

すると、カニのおばけは、どこからか、一枚《まい》の銀色《ぎんいろ》にひかった紙のようなものを、とりだしました。胸《むね》のへんに、そういうものを、いれておく場所《ばしょ》があるのでしょう。

その紙には、日本の地図がかいてありました。地図には、こまかい字のようなものが、いっぱい書きいれてあるのですが、一度《ど》も見たことのない字ですから、次郎君《じろうくん》には、さっぱりわかりません。

「ココハ、ドコデスカ。」

カニの怪物《かいぶつ》は、地図を次郎君の目の前にさしだして、たずねました。

次郎君は、相手《あいて》が、おとなしいことがわかったので、安心《あんしん》して、地図をよく見て、銚子《ちょうし》のところを指《ゆび》さしてみせました。

「チョウシデスカ。トウキョウハ、ココデスカ。」

怪人《かいじん》は、地図の東京《とうきょう》のところを、大きなはさみで、さししめしました。

「そうです。」

それを聞くと、怪人は大きなカニの頭《あたま》を、ガクンガクンとうなずかせて、そのまま、立ちさろうとします。

次郎君は、もうすっかり、安心していましたから、怪人をよびとめました。

「待ってください。あなたは、いったい、なにものですか。」

「ナニモノ?」

怪人は、ギラギラひかる二つの目で、こちらをにらみつけました。

「どこからきたのですか。」

「アソコカラキマシタ。」

怪人《かいじん》は、大きなはさみのある手で、空を指《ゆび》さしました。それは、ちょうどR《アール》すい星《せい》のへんです。

「チキュウノニンゲン、アレRスイセイトイウ。ワタシ、Rスイセイカラキタノデス。ワタシノナマエモ、Rトシテクダサイ。」

怪人は、はさみで地面《じめん》にRという字を書いてみせました。

「コノジ、ニホンノジデナイ。イギリス、アメリカノジデス。」

怪人の書いたRという字は、へんな形《かたち》をしていました。上のまるいところがまるでカニのこうらのようにふくらんで、カニ怪人の頭《あたま》にそっくりです。Rの下の二本の棒《ぼう》は、カニ怪人の足のようです。自分の姿《すがた》をあらわすためにわざと、そんなふうに書いたのかもしれません。

「Rすい星には、あなたのような生きものが、たくさんすんでいるのですか。」

「タクサンイマス。シカシ、アレハスイセイデハナイ。ウチュウノ、ノリモノデス。トオイトオイ、ホシカラキタノデス。ワタシ、ニホンヘオリタ。イギリス、アメリカ、ソビエトヘオリタノモアル。」

やっぱり、あれは宇宙船《うちゅうせん》だったのです。そこから、カニ怪人のはいったロケットのようなものをうちだして、地球《ちきゅう》へやってきたのでしょう。真夜中《まよなか》の、あの恐《おそ》ろしい音は、そのロケットのようなものが、海へおちた音にちがいありません。

しかし、次郎君《じろうくん》には、ふにおちないことが、たくさんあります。

「そんな遠い星の生きものに、どうして日本語がはなせるのですか。」

まるで、先生に質問《しつもん》するような口調《くちょう》でたずねました。

「ワタシ、ニホンゴ、イギリスゴ、ロシアゴ、ミナワカリマス。ワタシノホシデハ、ウチュウノコト、ミナ、シラベテ、ワカッテイルノデス。ワタシ、チキュウノニンゲンヨリ、百バイ、カシコイ。チキュウノニンゲンノ、デキナイコト、デキル。コノチズヲミナサイ。コレモ、ワタシノホシデ、コシラエタノデス。」

次郎君は、びっくりしてしまいました。遠い遠い星で、地球のことをすっかりしらべて、日本地図までつくり、日本語も英語《えいご》もロシア語も話せるというのですから、まるで神《かみ》さまのような知恵《ちえ》です。

広い宇宙《うちゅう》には、こんなに進歩《しんぽ》した生物《せいぶつ》もいたのかと、おったまげてしまいました。こんなカニのおばけみたいな、みにくい姿《すがた》をしているくせに、その知恵は、地球のどんな学者だって、あしもとへもよりつけないのです。

「日本でなにをするのですか。だれにあいたいのですか。」

次郎君《じろうくん》は、こんな知恵《ちえ》のあるやつが地球《ちきゅう》を征服《せいふく》にきたのだったら、たいへんだと思ったので、それとなくたずねてみました。

「ニホンハ、ビジュツノクニトワカッテイル。ワタシ、ニホンノビジュツヒン、アツメテ、モッテイク。ニンゲンモ、モッテイクダロウ。」

「えっ、だまって持っていくのですか。日本には警察《けいさつ》というものがあって、そんなことゆるしませんよ。」

「ケイサツ、シッテイマス。ダマッテ、モッテイク、ドロボウデスネ。ワタシ、ドロボウシマス。ケイサツ、コワクナイ。ワタシ百バイノチエアル。」

とんでもないことを、いいだしました。日本の美術品《びじゅつひん》をぬすんでいくというのです。こんな知恵のある怪物《かいぶつ》なら、どんな美術品でも、わけなくぬすみだすにちがいありません。

次郎君は、

「これはたいへんだ。すぐにこのことを学校の先生に知らせなければいけない。」

と思いました。

「ワタシノコト、ダレニモイッテハイケナイ。ワカリマシタカ。イッタラ、アナタ、ホシへ、ツレテイクヨ。」

カニ怪人《かいじん》は、ひらべったいカニのこうらのおくののどで、ケタケタと笑《わら》いました。そして、またよつんばいになって、あの岩山のほうへ、恐《おそ》ろしい速《はや》さでかけだしていきました。

次郎君《じろうくん》は、ぼんやりして、その恐ろしい姿《すがた》を、見送《みおく》っていましたが、怪物《かいぶつ》の影《かげ》は、たちまち岩山のむこうに、消《き》えさってしまいました。

海の底《そこ》にあるロケットのような乗《の》り物《もの》にもどって、それで東京港《とうきょうこう》までいくつもりかもしれません。あれほど進《すす》んだ知恵《ちえ》を持っているのですから、ロケットはそのまま潜航艇《せんこうてい》*としてつかえるように、できているのかもしれません。

次郎君は夢《ゆめ》を見たような気持ちでした。あれがほんとうのできごとだったのかしら。まだねむっていて、夢を見ているのではないだろうかと、うたがってみましたが、どうも夢ではなさそうです。それから、いそいで学校の先生のうちへかけつけました。先生は庭《にわ》で顔《かお》をあらっているところでした。

「先生、たいへんです。」

次郎君は、息《いき》せききって、カニ怪人《かいじん》のことを話しました。

「アハハハ……、きみはなにをいっているんだ。夢でも見たんだろう。そんなばかなことがあってたまるか。」

先生は、とりあってくれません。

「それじゃあ、あれはやっぱり、夢だったのかしら。」

＊海にもぐって進む小型の潜水艦

次郎君《じろうくん》は、自信《じしん》がなくなってきました。

古山博士《ふるやまはかせ》

ひとりの新聞記者《しんぶんきしゃ》が、この話を聞きつけて、別所君《べっしょくん》をたずねてきました。そして、いろいろ質問《しつもん》して、これはうそじゃないと思いました。彼《かれ》は東京《とうきょう》の毎朝新聞《まいちょうしんぶん》の銚子支局《ちょうししきょく》の記者でしたが、さっそく、くわしい記事《きじ》を書いて、本社に送りました。その記事が毎朝新聞に大きくのったのです。それには別所次郎君《べっしょじろうくん》のかいた、怪物《かいぶつ》の写生図《しゃせいず》まではいっていました。

カニ怪人《かいじん》R《アール》のことは、これで東京じゅう、いや、日本じゅうに知れわたりました。どこへいっても、カニのおばけのうわさでもちきりです。さかな屋《や》さんの店でカニを見ても、なんだかうすきみ悪《わる》くなるので、さっぱりカニが売れなくなったといわれるほどでした。

そんなある日のことです。港区《みなとく》の古山博士《ふるやまはかせ》のうちで、へんなことがおこっていました。

古山文学博士《ふるやまぶんがくはかせ》は、岩谷美術館《いわやびじゅつかん》の館長《かんちょう》でした。この美術館は、岩谷というお金持ちが建《た》てたもので、陳列室《ちんれつしつ》が五つぐらいしかない、小さな美術館でしたが、美術品《びじゅつひん》は、つぶよりのものがそろっていました。ことに、仏像《ぶつぞう》の部屋《へや》には、奈良時代《ならじだい》から鎌倉時代《かまくらじだい》までの、国宝《こくほう》や重要美術品《じゅうようびじゅつひん》がいっぱいならんでいるのです。

古山博士《ふるやまはかせ》は、古美術研究《こびじゅつけんきゅう》の大家《たいか》で、三年ほど前から、この美術館《びじゅつかん》の館長《かんちょう》をつとめていました。美術館も港区《みなとく》にあり、博士のうちからは、一キロぐらいの近さでした。

博士の家族《かぞく》は、おくさんと、ひとりっ子の古山忠雄君《ふるやまただおくん》と、書生《しょせい》と、お手つだいさんの五人暮《ぐ》らしです。

この忠雄君は、小学校六年生で、名探偵明智小五郎《めいたんていあけちこごろう》の助手《じょしゅ》の小林少年《こばやししょうねん》が団長《だんちょう》をやっている、少年探偵団《しょうねんたんていだん》の団員《だんいん》でした。

その日は、古山博士は美術館から、はやくかえっていましたが、午後四時ごろ、洋室《ようしつ》の書斎《しょさい》にはいったかとおもうと、大声《おおごえ》で、忠雄君をよびつけました。

「パパ、なに。」

忠雄君が、いそいで書斎にはいっていきますと、おとうさんは、デスクの前につっ立って、じっと、その上を見つめているのです。

「これ、おまえが書いたのか。」

見ると、デスクの上に、おとうさんの大型《おおがた》の日記帳《にっきちょう》がひらいてあって、そのページいっぱいに、字だか、絵だかわからないような、上のような形《かたち》のものが書きなぐってあるのです。それをひと目見ると、忠雄君が、とんきょうな声をたてました。

「あっ、ここにも……パパ、おんなじものが、ぼくのノートにも書いてあった

* 他人の家のせわになって、家事を手つだい勉強する人

よ。」

忠雄君《ただおくん》は、いきなり書斎《しょさい》をかけだして、自分の勉強部屋《べんきょうべや》から、一冊《さつ》の大学ノートを持ってもどってきました。そのノートにも、ページいっぱいに、同じいたずら書きがしてあるのです。

ふたりは、だまって、目を見あわせていましたが、やがて、忠雄君が青ざめた顔《かお》で、ささやくようにいいました。

「パパ、これ英語《えいご》のR《アール》という字じゃない？」

「うん、そういえばRだね。だが、この二つのまるは、なんだろう。」

「目だよ。」

「えっ、目だって？」

「カニ怪人《かいじん》の目だよ。そして、相手《あいて》の名はRっていうんだ。R《アール》すい星《せい》からきたやつだからね。」

「おまえは、なにをいうんだ。まさか……。」

「だって、新聞にそう書いてあったでしょう。カニ怪人は、自分のことをRとよんでくれといって、地面《じめん》にRの字を書いてみせたって。そのRがカニ怪人の形《かたち》とよくにていたと書いてあったでしょう。きっと、あいつだよ。」

「おまえは、少年探偵団《しょうねんたんていだん》だから、そんなふうに考えるんだよ。こんないたずら書きをするのには、その怪物《かいぶつ》が、うちへしのびこまなければならない。そんなことができるものじゃないよ。だれかが、いたずらをしたんだ。カニ怪人《かいじん》なんかじゃない。ひょっとしたら、おまえの友だちがやったんじゃないかい。さっき、二、三人、あそびにきてたじゃないか。」

「ぼくの友だちは、こんないたずらしませんよ。ねえ、パパ、あいつは、あの推古仏《すいこぶつ》をねらってるんじゃないのかしら。書庫《しょこ》の中においてあるんでしょう。だいじょうぶなの。」

推古仏というのは、高さ二十センチぐらいの小さな仏像《ぶつぞう》ですが、七世紀《せいき》ごろの作品《さくひん》で、たいへん貴重《きちょう》な宝物《ほうもつ》なのです。それを、あるお金持ちからかりだして、岩谷美術館《いわやびじゅつかん》に陳列《ちんれつ》することになったのを、博士《はかせ》がいちじあずかって、本を入れてある書庫の中においてあったのです。

「パパはいま書庫から出てきたばかりだ。推古仏はちゃんと、棚《たな》の上にあったよ。いつものように、錠《じょう》まえをおろしてきた。窓《まど》には鉄格子《てつごうし》がはめてあるし、壁《かべ》はコンクリートだ。いくら怪物でも、あの書庫はやぶれないだろう。……いや、おまえの思いすごしだよ。そんなへんなかっこうのやつがウロウロすれば、町でも、家の中でも、すぐ見つかってしまうはずだ。あの新聞の記事《きじ》だって、漁師《りょうし》の子どもが見たというだけで、そのまま信用《しんよう》はできないのだからね。」

でも、忠雄君《ただおくん》はどうも安心《あんしん》ができません。きっと、どこかに、あいつがかくれているんだと思いました。新聞に出ていた、あの頭《あたま》でっかちのカニのおばけが、そのへんにいるのかと考えると、ゾーッとさむけがしてくるのでした。

土の中から

それからしばらくして、忠雄君は心配《しんぱい》でしかたがないものですから、裏《うら》の書庫《しょこ》へいってみました。

書庫は、母屋《おもや》から、すこしはなれた庭《にわ》に建《た》っていました。コンクリートづくりの倉《くら》です。靴《くつ》をはいて、書庫の前にいって、錠《じょう》まえをしらべてみましたが、別条《べつじょう》ありません。

「やっぱり、パパのいうとおりかもしれない。もし、推古仏《すいこぶつ》がほしいのなら、あんないたずら書きをするひまに、書庫にはいればいいんだ。R怪人《アールかいじん》には錠まえをやぶるぐらい、なんでもないだろうからな。」

そう思って、なにげなく庭のほうに目をやりましたが、ふしぎなものを見たので、おもわず、「おやっ」と、声をたてました。

もう夕方であたりはうす暗《ぐら》くなっていましたが、庭のおくの木の下の地面《じめん》が、なんだかモゾモゾと、動《うご》いているような感《かん》じがするのです。

「へんだな、土が動くはずはないのだが、モグラかしら。」

おもわず、そのほうへ近づいていきました。木がしげっているので、そのへんは、ひどく暗《くら》いのです。その暗い地面《じめん》に、ウジャウジャとたくさんのものが、うごめいていました。カニです。大きいのや、小さいのや、何十ぴきというカニの一連隊《れんたい》が、こちらへ進《すす》んでくるのです。

忠雄君《ただおくん》は、ギョッとしました。新聞の記事《きじ》を思いだしたからです。R怪人《アールかいじん》が海からあらわれる前に、たくさんのカニが、がけをのぼってきたと書いてありました。

町の中に、こんなにたくさんのカニがいるはずはありません。このカニどもは、R怪人といっしょに、どこからか、やってきたのではないでしょうか。

忠雄君はゾーッとしました。逃《に》げだしたくなりました。しかし、逃げるよりもはやく、そのことがおこったのです。

カニのはっているむこうの地面が、ムクムクと動きはじめたではありませんか。こんどこそモグラかもしれないと思いました。

土がひびわれてきました。そして、その下から、なんだか黒っぽいものが、ヌーッとあらわれてくるのです。

ひびわれが、いっそう大きくなりました。そこから出てきたのは、びっくりするほど大きなものでした。モグラではありません。モグラの何十倍《なんばい》もあるものです。

それは、大ガメのこうらのように見えました。黒っぽい大きなさかなのようなものが、すっかり出てしまうと、パッと目をいるようにひかる、二つのまるいものが、あらわれました。

あっ、目です。カニ怪人《かいじん》の目です。

「ワーッ、たすけてえー。」

忠雄君《ただおくん》は叫《さけ》びながら、いちもくさんに、かけだしました。そして、うちの中にとびこむと、

「パパ、パパ、たいへんだ。あいつが、あいつが……。」

おとうさんの古山博士《ふるやまはかせ》と、書生《しょせい》とが、おどろいて出てきました。

「どうしたんだ、忠雄。」

「あいつだ。カニ怪人《かいじん》が、土の中から……。」

息《いき》をきらせて、庭《にわ》のほうを指《ゆび》さすのです。

「えっ、カニ怪人だって。ほんとか。」

「モグラみたいに、土の中から出てきたんだ。いまに、こっちへやってくる。」

博士《はかせ》は書生《しょせい》にいいつけました。

「きみ、いってみよう。懐中電灯《かいちゅうでんとう》を。」

書生はとんでいって、懐中電灯を持ってきました。そして、ふたりは、縁側《えんがわ》の下のサンダルをつっかけて庭《にわ》へかけだしました。

「忠雄《ただお》、どのへんだ。」

忠雄君《ただおくん》は、ふたりについて庭に出ましたが、その場所《ばしょ》までいく元気がありません。「あそこ、あそこ」と、指《ゆび》さすばかりです。

博士と書生とは、それと思われる場所へいって、懐中電灯をふりてらしました。しかし、なにもありません。

「忠雄、きてごらん。なにもいやしないじゃないか。」

忠雄君は、おずおずと、そこへ近づきました。

「おや、へんだなあ、たしかに、ここだったのに。」

あのたくさんのカニは、どこへいったのか、一ぴきも姿《すがた》が見えません。そして、カニ怪《かい》人《じん》も、どこかへ消《き》えてしまったのです。

「おまえ、まぼろしでも見たんじゃないのかい。」

博士が、にが笑《わら》いをしていいました。

忠雄君《ただおくん》はキョロキョロと地面《じめん》を見まわしていましたが、やがて、あっと、声をたてました。

「パパ、見てごらん。あれだよ。ほら……」

そこには、なにかがぬけだしたような、大きな穴《あな》があいていました。懐中電灯《かいちゅうでんとう》でてらしてみると、その穴は、ふかさ二メートルもあって、その下のほうに、よこ穴がつうじているらしいことがわかりました。なにものかが、地の底《そこ》をもぐって、ここから出てきたのにちがいありません。

「うん、モグラなんかじゃないよ。よほど大きなやつだ。するど、やっぱり……」

博士《はかせ》も、忠雄君のことばを信《しん》じないわけにはいきません。

それから、三人がかりで、庭《にわ》じゅうを、すみからすみまでしらべましたが、怪物《かいぶつ》の姿《すがた》はどこにもありません。

うちの中へ、はいったのではないかと、こんどは、うちじゅうをしらべましたが、やっぱり、なにも発見《はっけん》できません。

しかし、こうなっては、もうほうっておけないというので、博士は、すぐに警察《けいさつ》に電話をかけて、知りあいの署長《しょちょう》に、見はりの刑事《けいじ》をよこしてくれるようにたのみました。

消《き》える怪人《かいじん》

まもなく、三人の刑事《けいじ》がやってきて、ひとりは書庫《しょこ》の前、あとのふたりは、庭《にわ》や、家のまわりを歩きまわって、夜《よ》どおし見はりをしてくれることになりました。

うちの人たちは、おちおちねむることもできません。古山博士《ふるやまはかせ》は、夜中《よなか》に、なんどもおきて、懐中電灯《かいちゅうでんとう》を持って書庫を見まわりにいくのでした。

しかし、その夜はなにごともなく、朝になりました。刑事《けいじ》たちは、食事《しょくじ》をすますと、新しくやってきた三人の刑事と、交代《こうたい》しました。そして、昼間も、ずっと見はりをやってくれるのです。

その日は日曜日《にちようび》なので、博士も忠雄君《ただおくん》も、家の中にとじこもっていました。

なにごともおこりません。

それでは、やっぱり、きのう忠雄君が見たのは、なにかのまちがいだったのでしょうか。こわいこわいと思っていたので、まぼろしでも見たのでしょうか。

忠雄君もきのうのことは、なんだか、夢《ゆめ》のように思われてきました。

もう夕方の五時でした。忠雄君は便所《べんじょ》にはいって、ふと、ガラス窓《まど》から、むこうを見ました。

そこからは、書庫《しょこ》の正面《しょうめん》が見えるのです。

ひとりの刑事《けいじ》が、書庫の入り口の前にイスをおいて、それにこしかけています。

「おやっ、あれはなんだろう。」

書庫のてまえの地面《じめん》が、またウジャウジャと動《うご》いているではありませんか。

カニです。

大小何十ぴきというカニが、行列《ぎょうれつ》をつくって、書庫のほうへ進《すす》んでいくのです。

「あっ、カニ怪人《かいじん》だっ。」

どこからか、青銅《せいどう》でできたような、あいつの姿《すがた》があらわれ、カニの行列のあとから、歩いていくではありませんか。

忠雄君《ただおくん》は、はじめて怪人の全身《ぜんしん》を見ました。

カニのこうらとそっくりの頭《あたま》、頭の上には二本のアンテナのようなものがつきでていて、それが歩くにつれて、ピリピリとふるえています。

巨大《きょだい》なカニのこうらの下に、恐《おそ》ろしくひかる二つの目玉《めだま》、カニのはさみのような二本の腕《うで》、カニの腹《はら》ににた胴体《どうたい》、それから、するどいつめのついた二本の足。

なんという、いやらしい形《かたち》でしょう。

ひと目見ると、ゲッとはきけをもよおすような、みにくい姿《すがた》です。

刑事《けいじ》は、まだそれを知らないでいます。

窓《まど》をあけて、ここから叫《さけ》べばいいのですが、忠雄君《ただおくん》は、のどがつまったようになって、声も出ないのです。

しかし、目は怪物《かいぶつ》にくぎづけになって、見まいとしても、見ないわけにいきません。

あっ、怪物は刑事のうしろから、近よっていきます。胸《むね》のへんから、なにかとりだしました。黒いマフラーのようなものです。

あっ、とびかかりました。

はさみのついた腕《うで》が刑事の首にまわりました。そして、黒いマフラーで、刑事に、さるぐつわをかけてしまいました。

マフラーは二本ありました。怪物は刑事をたおしておいて、もう一本のマフラーで、足をしばりました。刑事は、もうおきあがることも、声をたてることもできません。

そうしておいて、カニ怪人《かいじん》は書庫《しょこ》の大戸《おおど》に近より、錠《じょう》まえをいじっていましたが、どういうやりかたをしたのか、たちまち錠がはずれ、大戸がひらきました。怪人はサッとその中へとびこむと、また大戸をぴったりしめてしまいました。

忠雄君は、そこまで見とどけたとき、やっとからだを動《うご》かすことができました。いきなり便所《べんじょ》からとびだすと、ありったけの声をふりしぼって、叫《さけ》びました。

「みんなきてください。カニ怪人《かいじん》が書庫《しょこ》へはいった。刑事《けいじ》さんがしばられた。はやく、だれかきてください……。」

まず書生《しょせい》がかけつけてきました。そして、庭内《ていない》を見まわっているふたりの刑事を恐《おそ》ろしい声で、よびたてました。

やがて、ふたりの刑事が、とんできました。そして、書生と三人で、書庫の前にいそぎ、たおれている刑事を、だきおこして、さるぐつわと、足のマフラーをときました。さっきのカニの一連隊《れんたい》は、どこへいったのか、もうそのへんには見えませんでした。

「あいつは、この書庫の中にいるんだな。」

「うん、いまはいったばかりだ。大戸《おおど》は中からしめたまま、一度《ど》もひらかなかった。中にいるにちがいない。」

「よしっ、ふみこもう。」

「だいじょうぶか。相手《あいて》は恐ろしいやつだぞ。」

「こっちは四人だ。ピストルも持っている。」

刑事たちは、かくしていたピストルをとりだしました。

「さあ、いいか、ひらくぞっ。」

「よしっ、一、二、三っ。」

大戸《おおど》がいっぱいにひらかれ、四人は、ひとかたまりになって、とびこんでいきました。

そのあとから、古山博士《ふるやまはかせ》も、おくればせに、書庫《しょこ》の中へはいってきました。

書庫の中には、四方《しほう》の壁《かべ》が天井《てんじょう》まで本棚《ほんだな》になっていて、まん中に、大きなデスクがおいてあるばかりですから、ひと目で見わたせます。

なんにもいないのです。デスクの下もからっぽです。本棚をグルッと見まわりましたが、怪物《かいぶつ》のかくれるすきはありません。窓《まど》の鉄格子《てつごうし》もちゃんとしていて、こわれたようすはないのです。

「消《き》えてしまった。」

「きみ、あいつがはいったことは、まちがいないだろうね。」

「まちがいない。」

それにぼくは、ずっと大戸を見つづけていた。一度《ど》もひらかなかった。」

じつにふしぎです。まったく出口のないところから、あの大きな怪物《かいぶつ》が消えてしまったのです。R星人《アールせいじん》は、地球《ちきゅう》ではわからない魔法《まほう》をこころえているのでしょうか。

「やっぱりそうだ。推古仏《すいこぶつ》がなくなっている。」

古山博士《ふるやまはかせ》が、やっとそれに気がついたように、大きな声をだしました。

「えっ、それはどこにあったのです。」

「あの棚《たな》の、あいているところです。あそこにおいてあったのです。」

「じゃあ、怪物《かいぶつ》は宝物《ほうもつ》といっしょに消《き》えてしまったのですね。」

それからまた、長い時間、書庫《しょこ》の中をしらべました。窓《まど》の鉄格子《てつごうし》をゆさぶってみたり、床《ゆか》や天井《てんじょう》に、秘密《ひみつ》の出口ができているのではないかと、たたきまわったり、本棚《ほんだな》の本を、ぜんぶぬきだしてしらべたり、もうこれ以上《いじょう》しらべようがないほどしらべましたが、どこにもあやしいところはないのです。

「完全《かんぜん》な密室《みっしつ》だな。」

「うん、だが、地球《ちきゅう》の人間には密室だが、星の怪物には密室でないかもしれない。われわれの知恵《ちえ》ではわからない、ぬけだしかたがあるのかもしれない。」

「もしそうだとすれば、こいつは手ごわいぞ。おばけか幽霊《ゆうれい》を相手《あいて》にしているようなもんだからな。」

刑事《けいじ》たちは、口々に、そんなことをいいあって、カニ怪人《かいじん》の魔力《まりょく》におびえるのでした。

カニのおじいさん

妖星人《ようせいじん》R《アール》、カニ怪人《かいじん》といわれる怪物《かいぶつ》は、古山博士《ふるやまはかせ》の書庫《しょこ》にしのびこんで、たいせつな美《び》術品《じゅつひん》、推古仏《すいこぶつ》をぬすみさってしまいました。

コンクリート建《だ》てで、窓《まど》には鉄棒《てつぼう》のはまった書庫の中で、小さい仏像《ぶつぞう》といっしょに、消《き》えてしまったのです。えたいの知れぬ星の生きものですから、どんな力を持っているか、わかりません。コンクリートの壁《かべ》でも、スーッと、つきぬけてしまうかもしれません。それとも、自分の姿《すがた》を、思うままに消《け》すという、ふしぎな力を持っているのでしょうか。

空には夜《よ》ごとに、あのあやしいR《アール》すい星《せい》が、ぶきみな赤ちゃけた光をはなっていました。新聞などでは、仮《かり》にRすい星とよんでいましたが、これまでのどのすい星ともちがった、ふしぎな天体なので、天文学者《てんもんがくしゃ》のあいだに、大議論《だいぎろん》がおこっていました。それが毎日、毎日、新聞に大きくのせられるのです。

海からあらわれたカニ怪人が、千葉《ちば》の別所少年《べっしょしょうねん》に、へんなかたことでしゃべったところによりますと、Rすい星は、怪星人《かいせいじん》が宇宙《うちゅう》をとびまわる巨大《きょだい》な乗《の》りものだというのですが、それはほんとうなのでしょうか。

古山博士邸《ふるやまはかせてい》の盗難事件《とうなんじけん》も、むろん、デカデカと新聞にのりましたので、日本じゅうがそのうわさでもちきりでした。

もし、あの妖星《ようせい》が、大きな乗《の》りものだとすれば、それには何百ぴき、何千びきのカニ怪《かい》人《じん》が乗っているかもしれない。東京《とうきょう》にあらわれたのは、まだ一ぴきだけれど、やがて、日本全国《ぜんこく》に、あのいやらしいカニ怪人が、ウジャウジャとおりてきて、われわれは、みんな、ほろぼされてしまうのではないかと、日本じゅうの人がふるえあがってしまいました。

そんなある日のことです。明智探偵事務所《あけちたんていじむしょ》では、明智探偵と助手《じょしゅ》の小林少年《こばやししょうねん》とが、テーブルにむかいあって、話しこんでいました。

「古山博士の子どもの忠雄君《ただおくん》は、少年探偵団員《しょうねんたんていだんいん》なのです。ですから、ぼくは忠雄君から、くわしい話を聞きました。カニ怪人というやつは、人間わざではできないことをやったのです。地球《ちきゅう》の人間には知られていない、恐《おそ》ろしい力を持っているのでしょうか。」

小林君《こばやしくん》がいいますと、明智探偵は、じっと小林君の顔《かお》を見つめていましたが、やがて、みょうな笑《わら》いをうかべて、

「わたしは信《しん》じない。」

と、ぽつりといいました。

小林君は、ふしぎそうに、先生の顔を見かえします。

「ネジネジのしっぽを持ったすい星《せい》があらわれたのは、だれもうたがうことのできない事《じ》実《じつ》だ。これは天文学者《てんもんがくしゃ》にまかせておけばいい。だが、カニ怪人《かいじん》とかいうやつが、ロケットみたいなものに乗《の》って、地球《ちきゅう》へおりてきたということは、ぼくは信《しん》じない。怪《かい》すい星《せい》とカニ怪人とは、なんの関係《かんけい》もない、べつのできごとだと思う。」

「それは、どういう意味《いみ》ですか。」

小林君《こばやしくん》が、びっくりしてたずねました。

「いまにわかるときがくる。しかし、これは、ぼくらにとっては、大事件《だいじけん》だよ。命《いのち》がけのはたらきをしなければならない。きみもじゅうぶん、かくごしておくがいい。妖星人《ようせいじん》R《アール》と名のるカニ怪人は、われわれ人間が、いままで、一度《ど》も出あったことのない、恐《おそ》ろしいやつだからね。その意味では、あいつは妖星人にちがいないのだよ。」

小林君には、まだよくわかりませんが、いくらたずねても、先生は、それ以上、なにもおしえてくれないのです。でも小林君は、なんだかボンヤリと、わかったような気がしました。すると、あの、みにくい姿《すがた》をした、カニのおばけみたいな怪物《かいぶつ》が、目の前いっぱいのまぼろしとなって、ボーッと見えてくるようです。

しかし、小林少年《こばやししょうねん》がカニ怪人に対面《たいめん》するのは、もっとあとのお話です。古山忠雄少年《ふるやまただおしょうねん》のつぎに、カニ怪人にぶつかったのは、同じ少年探偵団員《しょうねんたんていだんいん》の井上一郎君《いのうえいちろうくん》でした。

井上君《いのうえくん》は、もとボクサーのおとうさんから、ボクシングをならって、腕《うで》におぼえのある、強い少年です。

ある日の午後、井上君は、渋谷区《しぶやく》のはずれのさびしい町を歩いていました。ふと気がつくと、道のわきに、草のはえた空《あ》き地《ち》があって、そこに人だかりがしているのです。

あつまっているのは、中学生や小学生の子どもばかりでした。十五、六人が、なにかをとりまいて、見ているのです。

井上君は、なんだろうと思って、そのほうへ近よっていき、子どもたちの肩《かた》のすきまから、中をのぞいてみました。

少年たちにかこまれて、きみの悪《わる》いおじいさんが、地面《じめん》にしゃがんでいます。その前に、二つのたらいのようなブリキのおけがおいてあり、そばに、一本の棒《ぼう》が横《よこ》たわっていました。

おじいさんは、二つのおけを、その棒《ぼう》の両はしに縄《なわ》でさげて、ここまでかついできたのでしょう。

ブリキおけの中には、大きいのや小さいのや、何百ぴきというカニが、ウジャウジャと、うごめいていました。このおじいさんは、カニを売っているのです。

しかし、少年たちは、だれも、カニを買おうというものはありません。ただ目を見はって、じっと、おじいさんの顔《かお》を見つめているばかりです。

それほど、このおじいさんは、きみの悪《わる》い顔をしていました。

腰《こし》が二つにおれたようにまがった、もう七十ぐらいのおじいさんです。ねずみ色のダブダブのズボンに、シャツの上から、赤いチャンチャンコのようなものを着《き》て、頭《あたま》には大黒《だいこく》*ずきんをかぶっています。

チャンチャンコにずきんというと、なんだか、ふくぶくしいおじいさんのようですが、そうではありません。そのチャンチャンコも、ずきんも、恐《おそ》ろしくよごれてしまって、赤だか、黒だか、わからないほどになっているのです。

それに、このおじいさんの顔ときたら、おもわず身《み》ぶるいするほどきみの悪いものでした。

かぞえきれないほど、横《よこ》じわのあるひたい、ギョロリとした目、ひらべったい鼻《はな》、歯《は》がないのか、ぺっちゃんこになった口、その口の上にも下にもまた、いっぱい横じわがきざまれています。そして、顔ぜんたいが、日にやけて、茶色《ちゃいろ》になっているのです。

「だれも買わねえのか。いくじのねえガキどもだな。買わなきゃあ、おら、もう、いっちまうぞ。」

おじいさんはジロジロと、少年たちを見まわしながら、しわだらけの顔で、にくまれ口

＊仏教の神さまの大黒さんがかぶっているような、まわりがふくれた、円形の短いずきん

た。冒険《ぼうけん》はのぞむところなのです。

　井上君は、逃《に》げだそうかと思いました。しかし、考えてみると、相手《あいて》は、よぼよぼのおじいさんです。とっくみあったって、まけるきづかいはありません。それに、少年探偵団《しょうねんたんていだん》員《いん》として、こういう、あやしいおじいさんと、話してみるのは、むだではないと思いました。

　みょうなことになりました。このあやしいおじいさんは、井上君を、むこうに見える神社《じんじゃ》の森の中へつれていって、なにか話すことがあるというのです。

「うん、おめえだ。おらが、さがしてたのは、おめえだよ。ちょっと話がある。ええ話だ。おらといっしょに、むこうの森の中まで、きてくんろ。おめえのよろこぶ話だぞ。」

　井上君がだまっていますと、おじいさんは、じっと井上君の顔を見つめたあとで、きみの悪《わる》い笑《わら》いをうかべながら、またよびかけました。

　井上君によびかけました。

「あっ、そこへきた子、おめえ、買わねえか。」

　おじいさんの目が、みんなのうしろにいる、背《せ》の高い井上君の目とぶっつかりました。

　恐《おそ》ろしく大きなカニです。

　井上一郎君《いのうえいちろうくん》は、その顔《かお》を見て、ゾッとしました。カニとそっくりなのです。

をききました。

「おめえたちは、ここであそんでろ。おら、この子にちょっと話があるでな。」

おじいさんは、少年たちに、そういいのこすと、二つのカニおけを棒《ぼう》でかついで、えっちらおっちらと、むこうの森のほうへ、歩いていくのです。

井上君《いのうえくん》は、しかたがないので、そのあとから、ついていきました。

すると、うしろから、少年たちの声が、ひびいてきました。

「やーい、カニじじい……」

「おまえの顔《かお》、カニとそっくりだぞう……」

「カニ怪人《かいじん》だ、カニ怪人だ……」

「ワーイ、ワーイ。」

井上君は、それを聞いて、またゾッとしました。

ほんとうに、このおじいさんは、あの恐《おそ》ろしいカニ怪人となにか関係《かんけい》があるのかもしれないと思ったからです。

しかし、逃《に》げだす気には、なれません。カニ怪人に関係があるなら、いっそう、このおじいさんの正体《しょうたい》をたしかめてやろうと決心《けっしん》しました。

R《アール》 変《へん》 身《しん》

まだ昼なのに、夕ぐれのようにうす暗《ぐら》い森の中へはいると、おじいさんは、カニおけをかついだ棒《ぼう》を、肩《かた》からおろして、こちらにむきなおりました。そして、カニとそっくりの顔《かお》で、ニヤリと笑《わら》いました。

「きみは、りっぱな少年だ。わしは、きみのような少年が、ひとり、ほしかったのだ。どうだ、おれの弟子《でし》にならないかね。」

おじいさんは、さっきのいなかことばとは、まるでちがった標準語《ひょうじゅんご》で、そんなことをいいました。おじいさんとは思えない若々《わかわか》しい声です。

「弟子になるって、どうすればいいんだい？」

井上君《いのうえくん》は、勇気《ゆうき》をだして、たずねてみました。

「つまり、おれの命令《めいれい》どおりに動《うご》くのさ。そのかわり、きみは、地球《ちきゅう》の人間のだれも知らないものを見ることができる。この広い宇宙《うちゅう》を旅行《りょこう》することができる。」

とんでもないことを、いいだしました。ひょっとしたら、このおじいさんは、頭がどうかしてしまっているのではないでしょうか。

「どうして、宇宙旅行《うちゅうりょこう》をするんだい？」

井上君《いのうえくん》は相手《あいて》をばかにしたように、聞きかえしました。

「Ｒ《アール》すい星《せい》に乗《の》ってさ。」

「えっ、Ｒすい星だって？」

この、よぼよぼのおじいさんの口からＲすい星なんてことばが出るのは、ふしぎです。

「だって、Ｒすい星まで、どうしていけばいいんだい？」

「カニ怪人《かいじん》といっしょにいけばいいのさ。ちゃんと乗りものが、海の底《そこ》に待っている。それに乗りこんで、ピューッと、空へとびだしていくのさ。」

おじいさんは、千葉県《ちばけん》の銚子《ちょうし》の近くの海に、恐《おそ》ろしい音をたてておちた、あのロケットのようなもののことを、いっているのかもしれません。井上君は、いよいよ、きみが悪《わる》くなってきました。

「だって、カニ怪人は消《き》えてしまったじゃないか。それに、カニ怪人が、ぼくをＲすい星へつれていってくれるかどうか、わからないじゃないか。」

井上君は、まるで、夢《ゆめ》の中で、ものをいっているような気持ちでした。Ｒすい星へいくなんて、できっこないことを知っていながら、つい、おじいさんのことばに、まきこまれてしまったのです。

「わからなくはないよ。カニ怪人《かいじん》さえ、しょうちすればいいのだ。」

おじいさんは、若々《わかわか》しい声で、自信《じしん》ありげにこたえました。

「じゃあ、おじいさんは、カニ怪人を知っているのかい？」

「知っているとも、いや、知っているどころじゃない。いま、その証拠《しょうこ》を見せてやるぞ。」

おじいさんは、みょうなことを、いったかとおもうと、パッと、姿《すがた》を消《け》してしまいました。

おじいさんのすぐうしろに、直径《ちょっけい》一メートルもある大きな木が立っていました。とっさに、ひととびで、その木のうしろへ、かくれたのかもしれません。しかし、あのよぼよぼのおじいさんに、そんなはやわざができるでしょうか。おばけか、忍法使《にんぽうつか》いのように、パッと消《き》えてしまったとしか、考えられないのでした。

井上君《いのうえくん》は、つぎつぎと、意外《いがい》なことばかりおこるので、あっけにとられて、ボンヤリと、つっ立っていました。夢《ゆめ》に夢見るここちです。

ふと気がつくと、二つのブリキおけが、すっかりからっぽになっていました。あの何百というカニは、どこへいってしまったのでしょう。

井上君は、目をこらして、前に立っている大きな木の幹《みき》を見つめました。木の幹がウネウネと、ゆれていたからです。

コケのはえた大木《たいぼく》の幹《みき》が、ヘビの背中《せなか》のように動《うご》いているのです。

「あッ、カニだっ。」

それは、何百ぴきというカニが、かさなりあって、木の幹を、のぼっているのでした。それがモゾモゾと動くたびに、木がゆれるように見えたのです。

井上君《いのうえくん》は、ハッと思いだしました。カニ怪人《かいじん》が銚子《ちょうし》の近くの海からあらわれたときにも、また、古山博士《ふるやまはかせ》の庭《にわ》にあらわれたときにも、そのまえぶれのように、たくさんのカニが、はいだしてきたというではありませんか。

すると、いま、この大木の幹をはいあがっているカニのむれも、やっぱり、同じまえぶれではないのでしょうか。

井上君は、サーッと、からだじゅうから血《ち》がひいていくような恐怖《きょうふ》を感《かん》じました。

そのときです。大木の幹のうしろから、なにか黒いものが、チラッとあらわれました。ひらべったい、かさのようなものです。ピカッとひかりました。電気のように、強い光です。やがて、その光が二つになりました。

あっ、目です。怪物《かいぶつ》の目です。

その上にかぶさっている、かさのようなものは、巨大《きょだい》なカニのこうらです。目の下に口があります。口からはブツブツと、白いあわをふきだしています。

カニのこうらの上には、アンテナのような二本の触手《しょくしゅ》、口の横《よこ》からは、するどいはさみのついた二本の腕《うで》、それから、カニの腹《はら》のように、きみの悪《わる》い胴体《どうたい》、二本のまがりくねった足。

ああ、カニ怪人《かいじん》です。カニ怪人が、井上君《いのうえくん》の目の前に、姿《すがた》をあらわしたのです。

「心配《しんぱい》しなくてもよろしい。きみを、とって食《く》うわけじゃない。」

口のあわの中から、カニ怪人のことばが、もれてきました。

銚子《ちょうし》の近くの海からあらわれたときには、まだ、かたことにしかいえなかったのに、あれから、十日もたたないうちに、こんなにうまく、日本語がしゃべれるようになったのでしょうか。

「おれたちR星人《アールせいじん》は、見たもの、聞いたものをすぐ、自分のものにできるのだ。ことばでも、顔《かお》でも、姿でも、地球人《ちきゅうじん》は、ならって、おぼえるのだが、おれたちは、ことばでも、姿でも、そのまま、こちらへ、のりうつってしまうのだ。さっきは、地球人の七十のじいさんにばけていた。おれは、きのう、あのとおりのじいさんを、道で見かけて、それにばけたのだよ。地球には変身《へんしん》ということばがあるね。だから、これはR変身《アールへんしん》とでもよべばいいだろう。」

みにくい大ガニのばけものが、じつにただしい日本語をつかっているのです。地球人の知恵《ちえ》では、想像《そうぞう》もできないことでした。

「まだある。おれは自分のからだを消《け》すことができる。いや、自分ばかりじゃない。だれのからだだって消せるのだ。地球人《ちきゅうじん》のからだだってね。だから、きみの姿《すがた》を見えなくすることだって、わけはないのだよ。」

いよいよ、ふしぎなことを、いいだしました。

井上君《いのうえくん》は、自分のからだが、消されてなくなってしまうことを考えると、ゾーッと身ぶるいしないではいられませんでした。

「日本には忍法《にんぽう》というのがあるそうだね。やっぱりからだを消す術《じゅつ》だね。その術はもうわすれられてしまったそうじゃないか。いまでは、だれもできるものがないというじゃないか。だが、R星人《アールせいじん》には、わけのないことだよ。それには、きまったやりかたがある。それを知らないと、消《き》えられないのだ。ひとつ見せてやろうか。」

井上君は、いよいよ、夢見《ゆめみ》ごこちで、ぼうぜんとしていました。ふつうのものの考えかたが、すっかりぎゃくになってしまったみたいで、なにがなんだか、わけがわからないのです。

「ほら、よく見てるんだよ。」

カニ怪人《かいじん》の、あわだらけの口から、そんなことばが、もれたかとおもうと、カニのこうらの上の二本の触手《しょくしゅ》のさきが、パッとひかって、そこからこまかい白いあわのような、煙《けむり》のようなものが、もうもうと、ふきだしてきました。

その煙の中で、カニ怪人《かいじん》は、いきなり、グルグルと、からだをまわしはじめたのです。まるでコマのようにまわるのです。

ああ、その速《はや》さ。もう怪人の姿《すがた》は、よく見えません。なにか気体のようなものが、クルクル、クルクル、まわっているばかりです。それが触手からふきだす、白い煙につつまれて、いよいよぼんやりしてくるのです。

プロペラがはやく回転《かいてん》すると、目に見えなくなります。あれと同じ理屈《りくつ》なのでしょうか。白い煙までいっしょになって、グルグルとまわりはじめました。そして、それがスーッと、上のほうへ、たちのぼっていきます。

ああ、もう見えなくなりました。木の幹《みき》の前には、なにもありません。井上君《いのうえくん》は、木のうしろにまわってみました。そこにも、なにもありません。まったく消《き》えてしまったのです。

古山博士《ふるやまはかせ》の書庫《しょこ》の中で消えたのも、このやりかただったのでしょうか。そう思うと、井上君は、なんともいえない、へんな気持ちになっていきました。

「アハハハハ……、おどろいたかね。これがR星人《アールせいじん》の忍法《にんぽう》だよ。地球人《ちきゅうじん》はおどろくだろうが、R星《アールせい》では、からだを消《け》すなんて、なんでもないことだよ。アハハハハ……、こんど、ひとつ、きみのからだを消してみようか。」

井上君《いのうえくん》はギョッとして、返事をする力もありません。

消《き》えた少年

すると、大木《たいぼく》の幹《みき》のうしろから、さっきのカニ売りのおじいさんが、すばやく変身《へんしん》して、ニヤニヤ笑《わら》いながらあらわれ、いきなり井上君のそばによると、両手《りょうて》で井上君のからだを、グルグルまわしはじめました。

すると、どこからともなく、白いあわのような、煙《けむり》のようなものがとんできて、井上君の顔《かお》のまわりをつつみます。目がまわって、いまにも、たおれそうです。

「さあ、これでよし。きみは消《き》えたんだよ。」

おじいさんがいいました。

井上君は、おもわず自分のからだをながめましたが、消えてはいません。手でさわってみても、顔も、胸《むね》も、腹《はら》も、足も、ちゃんとあるのです。

「消えちゃいないよ。」

井上君《いのうえくん》が、そういいますと、おじいさんは、笑《わら》いだして、

「アハハハ……、自分には見えるんだよ。だが、ほかの人には見えないのだ。わしにも見えない。しかし、わしが見えないといっても、きみは信用《しんよう》しないだろうね。……あ、いいことがある。むこうから、さっきの子どもたちがやってきた。わしが、いつまでも、もどらないものだから、さがしにきたんだよ。あの子どもたちに、きみの姿《すがた》が見えるかどうか、ためしてみるがいい。」

さっきカニ売りのおじいさんをかこんでいた、十数人《すうにん》の子どもたちが、森の中へかけこんでくるのが見えました。

「やあ、おじいさんは、あそこにいるよ。」

「おじいさん、さっきのカニ、どうした。」

子どもたちは、口々に、なにか叫《さけ》びながら、近づいてきました。

「みんな、こっちへおいで、いいもの見せてあげるよ。」

おじいさんが手まねきすると、みんなは、そのまわりへ、かけよってきました。

井上一郎少年《いのうえいちろうしょうねん》の立っているそばを、子どもたちは、とおりすぎていくのです。だれも井上君に気づいたものはないようです。井上君のからだと、すれすれに走っていきます。井上君が見えれば、もっとはなれたところをとおるはずなのに、いまにもぶっつかり

そうになるのです。

あっ、とうとう、ぶっつかりました。

小学校三年ぐらいの小さい子どもなので、大きなからだの井上君《いのうえくん》にぶっつかると、ころんでしまいました。

「あ、いたいっ。」

といいながら、みょうな顔《かお》をして、おきあがりました。どうしてころんだのか、わけがわからないらしいのです。

「正《しょう》ちゃん、どうしたの？」

六年生ぐらいの大きい少年が、たおれた子どもをだきおこしながら、聞きました。

「なにかに、ぶっつかったんだよ。」

「ぶっつかるものなんて、なんにもないじゃないか。つまずくものもないよ。」

「空気にぶっつかったんだよ。」

正ちゃんがへんなことをいいました。

「ばかだな。空気にぶっつかるやつがあるもんか。」

大きい少年は、そういって、じょうだんのように手をふりまわして、そのへんになにもないことを、たしかめるまねをしました。

「あっ、いたいっ。」

その手のさきが、ぶっつかったのです。空気の中に、なにかかたいものがあったのです。井上一郎君《いのうえいちろうくん》はびっくりして、身《み》をよけました。大きいほうの少年の手は井上君の肩《かた》にあたったのでした。少年は、へんな顔《かお》をして、そのへんをキョロキョロと、見まわしています。井上君の姿《すがた》が、すこしも見えないらしいのです。

「おおい、みんな、ここへきてごらん。空気の中に、なんだか、かたいものがあるんだよ。」

五、六人の少年が、あつまってきました。井上君は、またぶっつかってはいけないと思って、二メートルほど、横《よこ》に身をよけましたが、少年たちは、井上君のほうを見ようともしません。

「どうしたの?」

さっきの大きい少年をとりかこんで、みんながたずねます。

「ここだよ。ぼくが手をふりまわしたら、なにかにぶっつかったんだよ。かたいものだ。しかし、なんにもありやしない。空気ばかりだよ。」

「このへんかい。」

二、三人の少年が、そういって、両手《りょうて》をグルグル、ふりまわしました。井上君はそれを見ると、おどろいて、いっそう遠くへ身《み》をよけましたので、こんどは、なにもぶっつかるものはありません。

「きっと、きみの気のせいだよ。空気にぶっつかるはずはないもの。」

「ほら、なんともないよ。なんにもぶっつからないよ。」

少年たちは、手をふりまわして、そのへんを歩きまわりながら、口々にいうのでした。

井上君《いのうえくん》はおかしくなってきました。小さいころ、かくれみの＊の童話《どうわ》を読んだことがありますが、いま井上君は、かくれみのを着《き》たのと同じなのです。いたずらがしてみたくなりました。

「アハハハ……。」

いきなり、笑《わら》ってみました。少年たちはびっくりして、キョロキョロあたりを見まわしています。

「だれだい、いま笑ったのは？」

「だれも、笑わないよ。」

「でも、笑い声が聞こえたじゃないか。」

「うん、聞こえた。おじいさんじゃないだろうね。」

「おじいさんの声じゃない。子どもの声だったよ。」

＊ それを着ると、からだが見えなくなるというみの

「そうだな。へんだねえ。」

井上君《いのうえくん》はおもしろくてたまりません。こんどは、ひとりの少年に近づいて、指《ゆび》で、その顔《かお》をチョイと、つついてみました。

「だれだっ、いま、ぼくの顔にさわったのは？」

みんな、シーンとして、身動《みうご》きもしません。だれもさわったおぼえがないからです。なんだか、こわくなってきました。

「この森には、魔物《まもの》がいるのかもしれないよ。」

少年のひとりが、わざとひくい声で、恐《おそ》ろしそうにいいました。

「わあ、魔物だあ……」

だれかが、叫《さけ》びながらかけだしました。すると、みんなも、そのあとについてかけだすのです。

「おい、カニ売りじいさんがあやしいよ。あれも魔物かもしれないぜ。」

ひとりが、走りながら、息《いき》をはずませていいました。

それを聞くと、みんなは、いっそうこわくなり、「ワーッ」と叫び声をたてて、走るのでした。

地からわく

カニ怪人《かいじん》のために、からだを消《け》された井上少年《いのうえしょうねん》は、それからどうなったのでしょうか。それは、しばらくのちのお話として、ここには、もっとべつな、もっとふしぎなできごとを、みなさんにお知らせしなければなりません。

カニ怪人が岩谷美術館《いわやびじゅつかん》の館長古山博士《かんちょうふるやまはかせ》のうちから、貴重《きちょう》な美術品《びじゅつひん》、推古仏《すいこぶつ》をぬすみさったことは、前に書きましたが、こんどは、岩谷美術館そのものが、おそわれることになったのです。

ある夜のこと、古山博士から、警視庁《けいしちょう》に電話がかかりました。電話口によびだされたのは、捜査《そうさ》一課《か》の中村警部《なかむらけいぶ》でした。中村警部は、いま日本じゅうをさわがせているR怪人《アールかいじん》の係《かか》りのひとりだったからです。

「R怪人があらわれました。」

「えっ、いつ、どこへです。」

「つい、いましがたです。しかし、もういなくなってしまいました。電話ではなんですから、岩谷美術館まで、おでかけくださいませんか。ねんのため、部下《ぶか》のかたをおつれくださるほうがいいと思います。」

「しょうちしました。すぐ車でいきます。」

中村警部《なかむらけいぶ》は五人の腕《うで》ききの刑事《けいじ》をつれて、大型自動車《おおがたじどうしゃ》をとばしました。そして、岩谷美術館《いわやびじゅつかん》についたのは、もう夜の七時半でした。美術館は五時に閉館《へいかん》になり、のこっているのは古山博士《ふるやまはかせ》と、三人の館員《かんいん》ばかりでした。

警部と刑事たちは、会議室《かいぎしつ》のような広い部屋にとおされました。そこに古山博士と館員たちが待っていたのです。

「電話では、くわしいお話ができませんでしたが、じつに奇怪《きかい》なことがおこったのです。わたしはこの目で見たし、ここにいる館員たちも見ているので、まちがいはありませんが、それをお話ししただけでは、信用《しんよう》していただけないかもしれません。」

「カニ怪人《かいじん》があらわれたのですか。」

「そうです。しかも、ひとりではありません。全部で十人に近いでしょう。ほうぼうにあらわれたのです。そして、そのあらわれかたが、じつにふしぎせんばん、ありえないことがおこったのです。」

「といいますと?」

「地の中から、わきだしたのです。」

「それならこのあいだ、先生のお宅《たく》でも、地の中からあらわれたではありませんか。」

「いや、あれとはちがうのです。あのときは地面《じめん》に穴《あな》があいていました。ところが、今夜《こんや》は穴がないのです。地面にはなんの異状《いじょう》もなくて、しかも、そこからカニ怪人《かいじん》が幽霊《ゆうれい》のようにわいてきたのです。そして、また、そこから地面の下へ消《き》えてしまって、地面には、なんのあとものこらないのです。」

「さいしょ、それを見たのは、わたしです。」

館員《かんいん》のひとりが話をひきつぎました。

「五時に閉館《へいかん》したあとに、われわれ三人がのこって、カードの整理《せいり》をしていました。館長《かんちょう》さんも、今夜はのこっておられました。わたしたちの事務室《じむしつ》は庭《にわ》に面《めん》しているのですが、暗《くら》い窓《まど》の外に、なにか動《うご》いているものが見えたのです。

コンクリートの塀《へい》まで、十五メートルほどあります。そこにヒマラヤスギが、ならんで立っているのです。その一本のヒマラヤスギの根《ね》もとに、なんだか、動いているものがありました。

暗くて、よくは見えません。犬かしらと思いましたが、どうも犬やなんかではなさそうなのです。みんなが立って、窓からのぞきました。

『へんだぞ。いってみよう。』

わたしはそういって、懐中電灯《かいちゅうでんとう》を持つと、外へとびだしていきました。あとのふたりも、ついてきました。

ヒマラヤスギに近づいて、懐中電灯をてらしてみると、そこに恐《おそ》ろしいものが、うごめいていたのです。あのカニのこうらのような頭《あたま》を持った、カニ怪人《かいじん》です。こうらの下に二つの目が、青い火のようにひかっていました。

いま地面《じめん》から、はいだしたところでした。青い目で、じっとこちらをにらんでいるのです。

わたしたちは、キャッといって、逃《に》げだしました。しかし、相手《あいて》もおどろいたのでしょう。そのまま、地面の中へ、もどっていったのです。二十メートルも逃げて、ふりかえってみると、カニ怪人は、からだをぜんぶ、地面の下にいれて、大きな頭だけが、地面の上にのこっているのでした。そして、その頭も、わたしたちの見ている前で、地面の中へ、すいこまれてしまったのです。

わたしたちは、しばらくして、そこへもどってよくしらべてみましたが、地面には、なんのあとものこっていませんでした。むろん、穴《あな》なんかあいていないのです。」

古山博士《ふるやまはかせ》が、そのあとをひきとって、話をつづけました。

「それからまた、あいつらは、庭《にわ》のほうぼうにあらわれたのです。ひとりのカニ怪人が、つぎつぎとあらわれたのではありません。すくなくとも、五、六人は同じやつがいました。いっぺんに、五本のヒマラヤスギの下にあらわれたこともあるからです。

わたしたちは、あちこちと、走りまわりました。しかし、こちらが気づいたときには、怪人《かいじん》は、地面《じめん》の中へ、姿《すがた》をかくしてしまうのです。

わたしたちを、からかっていたのです。べつに、危害《きがい》をくわえるわけではありません。おれたちは、こんな＊神通力《じんずうりき》を持っているのだ。美術品《びじゅつひん》をぬすむぐらいわけはないぞと、おどかしにやってきたのです。

これは、わたしが、そう思うだけではなくて、あいつの口から聞いたのです。」

「えっ、あいつが、なにかしゃべったのですか。」

中村警部《なかむらけいぶ》が、おもわず聞きかえしました。

「美術館《びじゅつかん》には地下室《ちかしつ》があります。物置《ものお》きにつかっているのです。その地下室に、ゴトゴトと音がしたのです。

わたしは、それに気づくと、懐中電灯《かいちゅうでんとう》を持って、おりていきました。地下室のドアをひらくと、あいつが、コンクリートの床《ゆか》から、わきだしてくるところでした。もう、腰《こし》のへんまで出ていました。そして、わたしの目の前で足まであらわれたのです。すると、いきなり、こんなことをいいました。

＊なにごとも自由自在になしうる力

『いくら、用心《ようじん》してもだめだよ。きょうから五日のちに、ここの美術品《びじゅつひん》をぜんぶ、ちょうだいするからね。』

そして、カニ怪人《かいじん》は、すいこまれるように、コンクリートの床《ゆか》の中へ、消《き》えていったのです。

地面《じめん》ばかりではありません。あのかたいコンクリートでも、自由《じゆう》にぬけてでる力を持っているのです。

コンクリートの床には、なんのあとも、のこっていません。わたしは信《しん》じられませんでした。夢《ゆめ》を見ているのではないかと思いました。

しかし、考えなおしてみると、妖星《ようせい》R《アール》の生きものには、地球上《ちきゅうじょう》の物理《ぶつり》*では、はかることのできない力があるのかもしれません。

そんなさわぎがおこったすぐあとで、あなたにお電話したのです。また、あいつがあらわれるかもしれないと思ったからです。」

「すると、今夜《こんや》は、いくにんものカニ怪人があらわれて、あなたがたを、おどかしただけなんですね。」

「そうです。いままでのところは、そうです。五日のうちに、美術品をねこそぎぬすみだすぞと、予告《よこく》をするためにやってきたのです。」

＊物の道理、理屈《りくつ》

「ふせがなければなりません。」

「そうです。ふせがなければなりません。」

「しかし、恐《おそ》ろしい相手《あいて》だ。」

「そうです、ふせげないかもしれません。あいつは、地面《じめん》でも、コンクリートでも、自由《じゆう》にもぐってくることができるのです。そうして、地面の下をくぐって、美術品《びじゅつひん》をはこびだすかもしれません。」

「しかし、警察《けいさつ》は、あらゆる知恵《ちえ》をしぼって、これをふせがなければなりません。われわれは戦《たたか》うのです。地球《ちきゅう》の名誉《めいよ》にかけて、あいつをとらえなければなりません。」

古山博士《ふるやまはかせ》と中村警部《なかむらけいぶ》が、むちゅうになって話しているあいだに、恐ろしいことがおこっていました。

部屋《へや》のガラス窓《まど》の外に、四つの青い光が、じっと、こちらをにらみつけていたのです。

「あっ！」

それに気づいた刑事《けいじ》が、いきなり立ちあがって、窓のほうへかけだしました。

みんなが、一度《ど》にそのほうを見ました。ふたりのカニ怪人《かいじん》が、窓からのぞいていたのです。

刑事たちは、みんなピストルを持っていました。四つのピストルが、ふたりのカニ怪人に、ねらいをさだめ、ガラス窓《まど》が、恐《おそ》ろしいいきおいで、ひらかれました。

しかし、怪人《かいじん》のほうが速《はや》かったのです。ひととびで、むこうのヒマラヤスギの根《ね》もとに、もどっていました。そして、スーッと消《き》えていったのです。地面《じめん》にすいこまれたとしか考えられません。

中村警部《なかむらけいぶ》と刑事《けいじ》たちは、外に出て、懐中電灯《かいちゅうでんとう》で、ヒマラヤスギの下をしらべましたが、地面には、なんのあともものこっていませんでした。

中村警部は青ざめた顔《かお》で、もとの部屋《へや》にもどってきました。そして、恐ろしくまじめな調子《ちょうし》で、古山博士《ふるやまはかせ》にいうのでした。

「いよいよ重大《じゅうだい》なことになってきました。すぐに本庁《ほんちょう》にかえって、会議《かいぎ》をひらきます。自《じ》衛隊《えいたい》の力をかりることになるかもしれません。学者《がくしゃ》の知恵《ちえ》をかりるのは、もちろんです。これは日本だけの問題《もんだい》ではありません。地球《ちきゅう》の大事件《だいじけん》です。

いまのところ、美術品《びじゅつひん》をねらっているらしいけれども、それだけですむとは思われません。なにしろ相手《あいて》は地球の物理《ぶつり》では、考えられない魔力《まりょく》を持っているのですからね。世界《せかい》じゅうの警察《けいさつ》と軍隊《ぐんたい》が、力をあわせて、戦《たたか》わなければならないときがきたのです。むろん、これは国連《こくれん》がとりあげるべき問題ですね。」

警部の青ざめたひたいに、玉の汗《あせ》がうかんでいました。

刑事《けいじ》たちも、古山博士《ふるやまはかせ》も、美術館員《びじゅつかんいん》も、警部《けいぶ》の話を聞くと、ことの重大《じゅうだい》さが、ひしひしと、身《み》にこたえるように、わかってきました。

相手《あいて》はコンクリートをつきぬけて、なんのあともののこさない魔力《まりょく》を持っているのです。いや、そればかりではありません。古山博士や中村警部《なかむらけいぶ》は、まだ知りませんが、カニ怪人《かいじん》は、思うままの人間や動物《どうぶつ》にばけるR変身《アールへんしん》の術《じゅつ》をこころえているのです。また、そのうえ、自分が消《き》えるだけでなくて、だれでも消《け》すことができるのです。

こんな恐《おそ》ろしい力を持ったやつを、どうしてふせげばよいのでしょう。妖星人《ようせいじん》R《アール》がその気になれば、地球《ちきゅう》ぜんたいを、ほろぼしてしまうことも、できるのではないでしょうか。

ねこそぎ盗難《とうなん》

中村警部は、いったん警視庁《けいしちょう》にかえって相談《そうだん》したうえ、二十人の警官《けいかん》で五日間、夜も昼も、美術館を見まわることになりました。

陳列室《ちんれつしつ》が五つしかない、小さい美術館ですから、これだけの人数《にんずう》でじゅうぶんなのです。ひとつの陳列室にふたりずつ見はりに立ち、のこる十人は、美術館のまわりを歩きまわっているのです。

しかし、怪人《かいじん》は、いっこうにあらわれません。

二十人の警官隊《けいかんたい》に恐《おそ》れをなして、ぬすむことをあきらめたのでしょうか。いやいや、まだゆだんはできません。きょうは四日めです。あとに一日のこっているのです。

そして、とうとう、その五日めとなりました。昼間は、なにごともなく、夜がきました。

美術館《びじゅつかん》の館長室《かんちょうしつ》では、古山博士《ふるやまはかせ》と中村警部《なかむらけいぶ》とが、むかいあってイスにかけていました。

「いま七時です。もし、怪人が約束《やくそく》をまもるとすれば、あと五時間のうちに、なにごとかがおこるでしょう。あと五時間です。」

古山博士が、まるで、それを待ちかねているように、つぶやきました。

「あてになりませんね。五日間なんていっておいて、その五日がたってしまって、われわれがゆだんしたときに、やってくるのではありませんか。だから、この見はりは、とうぶん、とくわけにはいきませんね。」

「いや、あいつは、約束をまもるでしょう。中村さんは、あいつに出あったことがないので、おわかりにならないでしょうが、わたしは、この目で、いろいろなふしぎを見ているのです。二十人ぐらいの警官《けいかん》では、じつは心ぼそいのですよ。きっと、やってくると思います。」

古山博士は、そういって、中村警部の顔《かお》を、じっと見つめるのでした。

そのとき、ドアがひらいて、用務員《ようむいん》がはいってきて、ふたりの前のテーブルにコーヒーをならべました。

「あ、コーヒーをいれたのか。それは気がきいたね。わたしたちばかりでなく、おまわりさんたちにも、あげてください。外にいる人にも、のこりなくね。」

博士《はかせ》がいいますと、用務員はニヤリと笑《わら》って、

「はい、わかりました。ちゃんと、用意《ようい》ができております。」

とこたえて、そのまま、部屋《へや》を出ていきました。

古山博士《ふるやまはかせ》と中村警部《なかむらけいぶ》は、そのコーヒーを、すっかりのんでしまいましたが、しばらくすると、みょうなことがおこりました。

中村警部が、イスにかけたまま、コックリ、コックリと、いねむりをはじめたのです。

古山博士が、それを見ると、立ちあがって、警部《けいぶ》の肩《かた》に手をかけて、ゆりうごかしながら、

「中村さん、どうなすった？　昼間のつかれで、ねむくなったのですか。中村さん、中村さん……」

と、いくらよんでも、警部は目をさましません。

博士はそれをたしかめると、なぜか、みょうな笑《わら》いをうかべて、そのまま、部屋を出て

いってしまいました。

とりのこされた中村警部《なかむらけいぶ》は、いつまでも、ねむっていました。もう九時をすぎたのに、まだねむっています。そして、夢《ゆめ》を見ていました。恐《おそ》ろしい夢です。

砂漠《さばく》のように、見わたすかぎり、なにもない地面《じめん》、その上にひろがる灰色《はいいろ》の空。その広い広い地面から、ニョキニョキと、黒いきみの悪《わる》いものが、はえてくるのです。あちらからも、こちらからも、みるみる地面いっぱいにひろがって、かぞえきれないほど、黒い頭《あたま》を、もたげてくるのです。

それは何百とも知れぬカニの怪人《かいじん》でした。それが地面からわきだして、こちらへ歩いてくるのです。

中村警部は、逃《に》げだそうとしましたが、どうしたのか、足がすこしも動《うご》きません。叫《さけ》ぼうとしても、声が出ません。

そのうちに、むらがるカニ怪人が目の前にせまってきました。そして、あのきみの悪い、カニの頭が、警部の顔《かお》の上に、のしかかってくるのです。

もがきにもがいているうちに、ふっと目がさめました。

「なあんだ。夢だったのか。」

やれやれ、夢でよかったと思ってテーブルのむこうを見ると、古山博士《ふるやまはかせ》がイスにもたれて、ぐっすり、ねむっているではありませんか。

「古山《ふるやま》さん、おきてください。古山さん。」

そばへいって、からだをゆすぶると、博士《はかせ》は、やっと目をさましました。

「あっ、いつのまに、ねむったのかしら。」

と、ふしぎそうに、あたりを見まわしています。

「ぼくも、いままで、ねむっていたのですよ。どうもへんですね。ふたりが、そろって、いねむりをするなんて。」

「あなたもねむっていたのですか。すると、われわれだけじゃないかもしれませんよ、ねむらされたのは……。」

「えっ、ねむらされたって。」

「そうです。ともかく、しらべてみましょう。ひょっとすると、たいへんなことがおこっているかもしれない。」

博士は、あわただしく、部屋をかけだしていきました。中村警部《なかむらけいぶ》も、そのあとを、おいました。

博士は、第一《だい》の陳列室《ちんれつしつ》にとびこみました。

「あっ、やっぱり、そうだっ。」

ふたりの警官《けいかん》が、部屋《へや》のすみにたおれていました。いびきをかいて、ねむっているのです。

中村警部《なかむらけいぶ》も、そこへはいってきて、いきなり、ねむっている警官のからだを、ゆすぶりました。

「おい、おきたまえ。いったい、どうしたんだ。」

ふたりの警官は、目をこすりながら、よろよろと、立ちあがりました。

「見たまえ、陳列棚《ちんれつだな》は、からっぽだっ。」

古山博士《ふるやまはかせ》が叫《さけ》びました。

その部屋には、六つの大きな陳列棚が、おいてあるのですが、それが、みんな、からっぽになっていたのです。

「あ、やられたっ。」

警官のひとりが、とんきょうな声をたてました。

「ほかの部屋も、しらべてみましょう。」

それから、博士と警部とは、第二、第三、第四、第五と、ぜんぶの陳列室《ちんれつしつ》をしらべましたが、どこも、第一の陳列室と同じでした。

見はり番の警官はグウグウねむっていて、陳列棚は、みんな、からっぽになっていたのです。

「事務室《じむしつ》へいってみましょう。館員《かんいん》がいるはずです。」

博士《はかせ》はそういって、かけだしました。事務室のドアをあけると、四人のわかい館員が、机《つくえ》の上に、うつぶせになって、グウグウねむっているではありませんか。

それから、外をしらべました。すると、美術館《びじゅつかん》のまわりを見はっていた十人の警官《けいかん》も、みんな地面《じめん》にころがって、ねむりこんでいたのです。

聞きただしてみますと、ぜんぶの人が、用務員《ようむいん》の持ってきたコーヒーを、のんでいることがわかりました。

「そうだ、あいつがあやしいぞ。」

古山博士《ふるやまはかせ》が、さきに立って、用務員室《ようむいんしつ》へかけこみました。しかし、そこは、もぬけのからでした。

それから、手わけをして、ほうぼうをさがしましたが、用務員の姿《すがた》は、どこにも見あたりません。逃《に》げだしてしまったのです。

「みんなをねむらしておいて、そのまに、美術品《びじゅつひん》を持ちだしたのですね。しかし、用務員ひとりの力では、どうにもできないはずだが……。」

「そうです。あの美術品を、ぜんぶはこぶのには、すくなくとも、大型《おおがた》トラック三台はいります。むろん用務員《ようむいん》ひとりの、しわざではありません。」

「じゃあ、あのカニ怪人《かいじん》たちが……。」

中村警部《なかむらけいぶ》は、さっきの夢《ゆめ》を思いだして、ゾッとしました。

「やっぱり、ひとりや、ふたりじゃない。十人以上《いじょう》のカニ怪人が、やってきたのだ。」

あのきみの悪《わる》いカニ頭《あたま》の怪物《かいぶつ》が、電灯《でんとう》のような目をギョロギョロさせて、陳列室《ちんれつしつ》の美術《びじゅつ》品《ひん》をつぎつぎとはこんでいったかと思うと、なんともいえない恐《おそ》ろしさでした。

そのあくる日の新聞には、岩谷美術館《いわやびじゅつかん》のねこそぎ盗難事件《とうなんじけん》が、デカデカと書きたてられ、日本じゅうの人をふるえあがらせました。

それにしても、美術館の陳列品《ちんれつひん》が、ひとつのこらず、きれいにぬすみだされるなんて、聞いたこともない、ふしぎな事件でした。ほんとうに、ねこそぎ盗難事件にちがいありません。

地底《ちてい》の囚人《しゅうじん》

お話かわって、こちらは井上一郎君《いのうえいちろうくん》です。渋谷区《しぶやく》のはずれの、神社《じんじゃ》の森の中で、カニのおじいさんのために、からだを消《け》されてしまった井上君は、あれから、R怪人《アールかいじん》の住《す》み家《か》に、つれていかれました。R怪人《アールかいじん》は、はやくも、東京《とうきょう》のどこかへ、仮《かり》の住《す》み家《か》をつくっていたのです。

「きみは逃《に》げだすことができない。からだが消《き》えてしまったのだから、だれも、きみをみとめてくれないからだよ。それよりも、いいところへつれていってやろう。きみにすこし、用事《ようじ》があるのだ。だが、しばらく目をかくすよ。そこへいく道をきみに知られたくないのでね。」

カニのおじいさんは、そういいながら、黒いきれで、井上君《いのうえくん》に目かくしをしてしまいました。

井上君は、もうかくごしています。むこうのいうままになって、R怪人の秘密《ひみつ》をさぐってやろうと、決心《けっしん》しているのです。

目かくしをされたかとおもうと、スーッとからだが宙《ちゅう》にうきました。カニのおじいさんにだきあげられたような気持ちです。

それから、なにか、イスみたいなものの上におろされましたが、イスそのものが、フワフワと、宙にういているのです。

それから三十分ほど、空中をただよっているような感《かん》じがつづきましたが、やがて、それがピッタリとまると、またおじいさんにだきあげられ、家の中にはいって、階段《かいだん》をのぼったり、くだったりしました。

あんなヨボヨボのおじいさんが、からだの大きい井上君《いのうえくん》を、こんなにらくらくとはこぶのはへんですが、カニのおじいさんは、じつはR怪人《アールかいじん》がばけているのですから、井上君をはこぶぐらい、なんでもないことです。

「さあ、もう目かくしをとるよ。きみには、あとで、ゆっくり話したいことがあるんだ。しばらく、ここに待っていなさい。」

そういって、目かくしをはずすと、カニのおじいさんは、部屋《へや》を出てドアをしめ、外からカチンと、かぎをかけてしまいました。

窓《まど》のない、みょうな部屋です。天井《てんじょう》から小さな電球《でんきゅう》が一つさがっているだけで、うす暗《ぐら》いのです。井上君は、なんだか、めまいがするような感《かん》じでした。部屋ぜんたいが、モヤモヤと、ゆれうごいているのです。

部屋というよりも、壁《かべ》です。四方《しほう》の壁が、へんなぐあいに波《なみ》うち、うごめいているのです。

R怪人の魔法《まほう》にかかっているのでしょうか。

いや、そうではない。壁が動《うご》くのに、なにかわけがありそうです。もっと壁のそばによって、たしかめてみなければなりません。

井上君は、右手の壁に近よって、目をこらして見つめました。

ウジャウジャと、うごめいています。なにか小さいものが、数知《かずし》れず、ひしめきあっているのです。

「あっ、カニだっ。」

そうです。それは何千びきのカニが、四方《しほう》の壁《かべ》いっぱいにはいまわり、ひしめきあっているのでした。

カニ怪人《かいじん》があらわれたときには、かならず、カニの大群《たいぐん》が、まえぶれをつとめます。あのカニは、みんなここに飼《か》ってあるのでしょうか。

そのとき、うしろのドアがサッとひらいて、何者《なにもの》かが、はいってきました。井上君《いのうえくん》は、それに気づきましたが、こわくて、ふりむくことができませんでした。壁をはいまわっているカニを、何万倍《なんばい》にしたような怪物《かいぶつ》が、うしろに立っているにちがいないからです。

「アハハハ……、きみをここへつれてきた、カニじいさんだよ。そのカニじいさんが、もとの姿《すがた》にかえったまでさ。」

しかたがないので、井上君は、おそるおそる、ふりむきました。ああ、やっぱりそうです。あの恐《おそ》ろしいカニのおばけが、そこに立ちはだかっていたのです。

「きみは少年探偵団《しょうねんたんていだん》の井上一郎君《いのうえいちろうくん》だね。おれはちゃんと知っている。それで、きみをここにとじこめ、きみをおとりにして、ほかの少年探偵団員《しょうねんたんていだんいん》をおびきよせようというわけなのさ。ハハハ……なぜかって？　これには、ふかいわけがあるんだよ。

きみ、ポケットをさぐってごらん。BD《ビーディー》バッジがなくなっているだろう。きみたちはいつも、二、三十個《こ》のBDバッジをポケットにいれている。それをぜんぶとりだして、このうちの門の前へ、ばらまいておいた。

わかるかね。そうして、きみのなかまを、ここにおびきよせるのさ。小林団長《こばやしだんちょう》がきてくれれば、おれは、じつにうれしいのだがね。ハハハハハハ……」

ふしぎです。地球《ちきゅう》へやってきたばかりのR妖星人《アールようせいじん》が、少年探偵団のことを、こんなにくわしく知っているなんて、じつにふしぎです。

そして、少年探偵団員をおびきよせるとは、いったい、どういうわけなのでしょう。なんのためなのでしょう。

「わかったかね。きみはもう、おれたちのなかまだ。からだを消《け》されているんだから、うちへかえったって、だれも相手《あいて》にしてくれない。ここにいるのが、きみのためだよ。そのうちに、また、もとのからだにしてやるからね。」

井上君はふしぎでしかたがありません。妖星人が、どうして、こんなにうまく日本語がしゃべれるのでしょう。地球人《ちきゅうじん》とはまったくちがった、知恵《ちえ》や力を持っているにしても、やっぱり、ふしぎというほかはないのです。

それから、井上君《いのうえくん》は、この、どことも知れぬあやしい家の中に、住むことになりました。

カニ怪人《かいじん》は十人ぐらいいるようでした。しょっちゅう、出たりはいったりしているので、はっきりした数はわかりませんが、だいたい十人ぐらいのようでした。

怪人たちは、なにを食べているのか、わかりませんが、井上君には、パンやミルクやコンビーフなどを、食べさせてくれました。そのうえ、やわらかいベッドのある、小さな部《へ》屋《や》を、あてがってくれましたので、井上君は、なに不自由《ふじゆう》なく、暮《く》らすことができたのです。

怪人たちは、なにかいそがしそうに、出たりはいったりして、ときには、みんなでかけて、井上君ひとりになることもあります。

井上君は、そういうときを待ちかねて、怪人の住《す》み家《か》を、しらべました。

この家は二階建《かいだ》ての西洋館《せいようかん》で、地下室《ちかしつ》もあるし、十五ほどの部屋があることがわかりました。

井上君は、だれもいないとき、それらの部屋をかたっぱしからのぞいてまわりました。どの部屋にもベッドとたんすがありましたが、ある部屋には、ベッドもなにもなくて、大きな金庫《きんこ》が、ドッカリとすえてあるのに、びっくりしました。カニ怪人が金庫を持っているなんて、まったく、思いもよらないことでした。

それから、井上君《いのうえくん》は地下室《ちかしつ》へおりていきました。さいしょいれられたカニの部屋《へや》は、この地下室にあるのです。

カニの部屋のほかには、広い物置《ものお》き部屋《べや》のようなものがあるだけですが、そこにおいてあるがらくたものをしらべているうちに、ふと、みょうな音に気がつきました。

コツコツ、コツコツという、かすかな音です。

どこか、壁《かべ》のむこうから聞こえてくるようです。

コツコツ、コツコツ。やっぱり、壁のむこうです。壁はレンガでできていました。どっかに、かくし戸でもあるのじゃないかと、井上君は、壁をなでまわしながら、おくのほうへ進《すす》んでいきました。

ある場所《ばしょ》へいきますと、コツコツという音が、いままでより、はっきり聞こえてきます。

「このへんが、あやしいぞ。」

と思って、手さぐりしていますと、レンガの一つが、グラグラと動《うご》きました。

「あっ、これだぞ。」

と、指《ゆび》をかけてひっぱると、スルスルと、ぬけてくるではありませんか。

そのレンガをぬいてしまうと、おくにかぎ穴《あな》が見えました。そこへ、かぎをさして、まわすと、レンガの壁《かべ》が、ドアのように、ひらくのかもしれません。

しかし、かぎがなくては、どうすることもできないのです。

「よしっ。針金《はりがね》をさがすんだ。」

井上君《いのうえくん》は、ひとりごとをいいました。たいていの錠《じょう》は、針金一本あれば、ひらくものです。井上君はそのやりかたを知っていました。どろぼうのためではなくて、探偵《たんてい》のためにも、必要《ひつよう》だからです。

物置《ものお》きをさがしまわって、なにかをくくってあった針金を、ちぎってきました。そして、それを、いろいろにまげてかぎ穴《あな》にさしこみ、なんどもやりなおしたあとで、とうとう、カチンと、手ごたえがありました。

錠がひらいたのです。

力をこめて、グッとおしますと、レンガの壁そのものが、ドアのように、スーッと、おくへひらいていくのです。

そこは、小部屋《こべや》でした。ひらいたかくし戸の穴から、物置《ものお》き部屋《べや》の電灯《でんとう》がさしこむので、そこだけが明るくなっています。

「だれかいるんですか。」

井上君がよびかけますと、おくの暗闇《くらやみ》の中から、

「ウ、ウ、ウ。」

と、きみの悪《わる》い声が聞こえました。

井上君《いのうえくん》は、部屋《へや》の中へ、はいっていきました。

「だれです。こちらへ出てきなさい。」

すると、暗闇《くらやみ》の中で、ゴソゴソと音がして、何者《なにもの》かが、電灯《でんとう》の光の中へはいだしてきました。

「あっ、あなたは日本人ですね。」

「うん、日本人だ。きみも日本人の少年だね。カニのばけもののなかまではなさそうだね。」

それは、五十歳《さい》ぐらいの男の人でした。

カニのぬけがら

「そうです。ぼくは、あいつらに、つかまえられたのです。」

といって、ふっと、気がつきました。

井上君は怪人《かいじん》の魔力《まりょく》によって、からだを消《け》されていました。ですから、井上君の姿《すがた》は、だれにも見えないはずです。

ところが、この紳士《しんし》には、ちゃんと、井上君《いのうえくん》が見えているらしいではありませんか。

「おじさん、ぼくが見えるのですか。」

井上君は、へんなことを、たずねました。

「見えるとも。きみは、なかなか、強そうな少年だよ。」

紳士は、にこにこ笑《わら》ってこたえました。

では、カニ怪人《かいじん》の魔法《まほう》がとけて、井上君のからだは、見えるようになっていたのでしょうか。なんだか、へんではありませんか。

しかし、それを、ふしぎがっているひまはありませんでした。

その紳士と、二言《ふたこと》三言《みこと》、話しあったかとおもうと、井上君は、

「えっ！」

と、叫《さけ》んで、うしろへたおれそうになりました。

それほど、びっくりしたのです。

それから、しばらく、ふたりはヒソヒソ話をつづけていましたが、いつまでも話していて、だれかに見つかっては、たいへんですから、ひとまずわかれることにしました。

「もうすこし、ここに、がまんしていてください。ぼくひとりの力では、どうにもなりま

せん。しかし、きっとうまくいきます。ぼくたちには、明智先生《あけちせんせい》や小林団長《こばやしだんちょう》がついているのです。けっして、まけることはありません。」

井上君《いのうえくん》は、そういって、紳士《しんし》をはげましておいて、秘密《ひみつ》の部屋《へや》を出ました。そして、レンガのかくし戸を、もとのとおりにしめ、さっきの針金《はりがね》で錠《じょう》をおろして、一階《かい》の自分の部屋《へや》にかえりました。

井上君は、すっかりめんくらっていました。地下室《ちかしつ》にとじこめられていた紳士が、じつに意外《いがい》な人だったからです。また、消《け》されたと信《しん》じていた、自分のからだが、消《き》えていないこともわかりました。

妖星人《ようせいじん》R《アール》のカニ怪人《かいじん》がいっそう、えたいの知れない、へんてこなものに、感《かん》じられるのです。

この家の中は、自由《じゆう》に歩きまわれますが、外へ出ることはできません。井上君は、いくども逃《に》げだそうとして、失敗《しっぱい》しているのです。

出入り口には、表《おもて》も、裏《うら》も、ちゃんとカニ怪人が、番をしていますし、窓《まど》からとびだそうとしても、みんな、鉄格子《てつごうし》がはまっていて、どうすることもできません。

井上君は、上着《うわぎ》をぬいで、ベッドに横《よこ》たわりました。もう夜もふけていたからです。考えれば考えるほど、ふしぎなことばかりで、なかなかねむれません。

でも、昼間のつかれで、すこしウトウトしたかとおもうと、にわかに、家の外が、さわがしくなりました。

なんだろうと、ベッドをおりて、窓《まど》からのぞいてみました。そこからは、この家の門が見えるのです。

門の外に、自動車《じどうしゃ》が、とまっているようです。それも一台ではなくて、二、三台とまっているらしいのです。

腕時計《うでどけい》を見ると、もう十二時でした。

自動車から、おおぜいの人がおりて、門をはいっていきます。あたりは、まっ暗《くら》ですが、門灯《もんとう》の光で、かすかに見えるのです。

「あっ、カニ怪人《かいじん》だっ。」

そうです。はいってくるやつは、みんな、あのきみの悪《わる》い、カニの姿《すがた》をしていました。しかも、てんでに、なにか、へんてこな荷物《にもつ》をかついでいるのです。

四角い大きな額《がく》のようなもの、でこぼこした彫刻《ちょうこく》のようなもの、小さい箱《はこ》のようなもの。それらが、みんな白いきれでくるんであるのです。

六、七人のカニ怪人が、いろんな形《かたち》の、白い荷物《にもつ》をかついで、行列《ぎょうれつ》をつくって、家の中へはいってきます。まるで、恐《おそ》ろしい夢《ゆめ》でも見ているような、ぶきみな光景《こうけい》でした。

怪人《かいじん》たちは、なんども自動車《じどうしゃ》へひっかえして、新しい荷物《にもつ》をはこびました。ひっこしのようなさわぎです。それらの白いきれでくるんだ荷物は、いったい、なんだったのでしょう。

井上君《いのうえくん》は、それをたしかめてやろうと思いました。

そっと部屋《へや》を出て、玄関《げんかん》へいってみますと、そこに、白い荷物が、山のようにつんでありました。まだ、白いきれをとかないままです。

「あっ、いけないいっ。」

井上君は、廊下《ろうか》の壁《かべ》ぎわに立って、のぞいていたのですが、ひとりのカニ怪人が、こちらへやってくるのです。

井上君は、大いそぎで、廊下を逃《に》げだしました。

ところが、二十歩《ぽ》もいかないうちに、むこうのまがりかどから、ヒョイとあらわれたものがあります。

べつのカニ怪人です。

井上君は、前とうしろから、はさみうちになっていました。さあ、こまった、どちらへ逃げても、つかまるばかりです。

ヒョイと、横《よこ》を見ると、廊下にならんでいるドアのひとつが、二、三センチひらいていました。

なにを考えるひまもありません。井上君《いのうえくん》は、そのドアの中へとびこんで、ドアをしめて、息《いき》をころしていました。

ひとつの足音は、ドアの前をとおりすぎました。しかし、もうひとつの足音は……、ピッタリと、ドアの前にとまったではありませんか。そして、ドアのとってが、ぐるっとまわるのが見えました。カニ怪人《かいじん》が、この部屋《へや》へ、はいってくるのです。

井上君は、キョロキョロと、部屋の中を見まわしました。一方の壁《かべ》に、大きな押《お》し入《い》れがついています。その中へかくれるほかはありません。

押し入れの板《いた》のドアをひらいて、中へとびこみました。

まっ暗《くら》です。上から、なにかがぶらさがっていて、それが、顔《かお》にぶっつかってきました。

ジャラジャラと、音がしました。

うすい金属《きんぞく》が、何枚《なんまい》もかさなったような、へんなものです。

しかし、そんなことを、考えているひまはありません。怪人に見つかりはしないかと、その恐《おそ》ろしさで、いっぱいなのです。

あっ、たいへんです。怪人《かいじん》は押し入れのドアをひらきました。

井上君を見つけたのでしょうか。そして、つかまえようとしているのでしょうか。

井上君《いのうえくん》は、押《お》し入《い》れのおくに身《み》をかくして、息《いき》をころして、ドアのほうを見つめていました。

すると、ドアの前に立ったカニ怪人《かいじん》が、ギョッとするようなことを、はじめたのです。はさみになった両手《りょうて》で、自分の大きな頭《あたま》を、グーッと、持ちあげているではありませんか。

やがて、おどろいたことには、巨大《きょだい》なカニのこうらのような、あの頭の部分《ぶぶん》が、スッポリととれてしまいました。

それから、顔《かお》、手、足、胴体《どうたい》と、みんな、べつべつにとれるようになっていることが、わかりました。それらは、うすい金属《きんぞく》でできていて、ちょうちんのように、おりたためるのです。カニのこうらのような頭の部分も、四つか五つにおりたためるし、顔や手や足や胴体は、ちょうちんと同じしかけで、小さくかさなりあってしまいます。顔の恐《おそ》ろしい目は、青いガラスの中にしかけた、電池《でんち》でひかる豆電球《まめでんきゅう》なのです。

こうして、衣装《いしょう》をぬいだ下からは、いったい、なにがあらわれたのでしょうか。そこには、妖星人《ようせいじん》R《アール》の、想像《そうぞう》もできない奇怪《きかい》な生きものが、うごめいていたのでしょうか。

いや、そうではありません。衣装の下から出てきたのは、意外《いがい》にも、シャツとズボン下を身につけた地球《ちきゅう》の人類《じんるい》でした。しかも、日本人とそっくりの顔をしているのです。

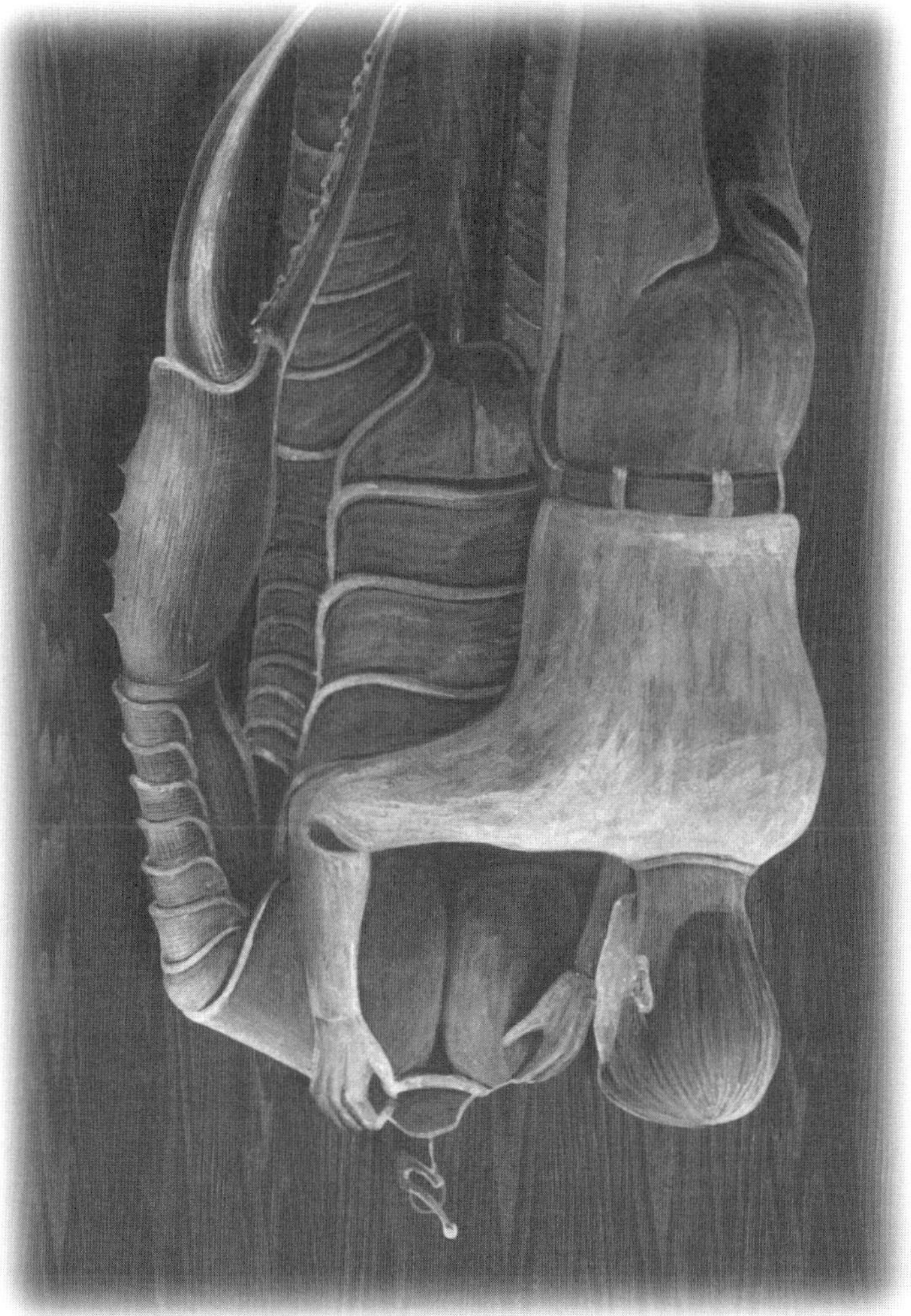

ああ、なんということでしょう。妖星人《ようせいじん》のカニ怪人《かいじん》は、奇妙《きみょう》な衣装《いしょう》をつけた、日本人だったのです。

そこに井上少年《いのうえしょうねん》がかくれているとも知らず、その男は、いまぬいだカニ怪人の衣装を、押《お》し入《い》れの中のくぎにひっかけて、またドアをしめてしまいました。

この押し入れは、カニ怪人の衣装、つまり、カニのぬけがらをかけておく場所《ばしょ》だったのです。さっき、井上君《いのうえくん》が押し入れにとびこんだとき、ジャラジャラと音をたてて、顔《かお》にぶっつかったのは、前からそこにさがっていた、同じようなカニの衣装だったのでしょう。それが三つも四つも、さがっていたのです。

小林少年《こばやししょうねん》

そのあくる日のお昼すぎのことです。

井上君《いのうえくん》が、あてがわれた部屋《へや》のイスにこしかけていますと、いきなりドアがひらいて、ひとりの少年が、ころがりこんできました。だれかが、外からつきとばしたのです。

「あっ、小林《こばやし》さん。」

井上君がびっくりして、その少年をだきおこそうとしました。

「アハハハ……、井上《いのうえ》、おまえの団長《だんちょう》さんを、つれてきてやったぞ。まあ、ゆっくり、ふたりで、話でもするがいい。」

そして、バタンとドアがしまり、カチカチと、かぎをかける音が聞こえました。

井上君《いのうえくん》ひとりのときは、かぎもかけなかったのに、小林少年《こばやししょうねん》とふたりになったので、カニ怪人《かいじん》は、用心《ようじん》ぶかく、かぎをかけて、立ちさったのです。

「BD《ビーディー》バッジだよ。あれをひろって、とどけてくれた人があったので、ぼくは、こっそりしのびこもうとしたんだが、すぐに見つかってしまった。ひょっとしたら、あのバッジは、敵《てき》がわざとおとしておいたのじゃないかな。」

小林少年がいいますと、井上君はうなずいて、

「そうだよ。カニ怪人《かいじん》のしわざさ。しかし、ね、小林さん、ぼくは、たいへんなことを発《はっ》見《けん》したんだよ。」

井上君は、そういって、いままでのことを、すっかり話してきかせました。

「ふん、きみは消《け》されちゃったのかい。これには、なにか、わけがありそうだね。ぼくには、こうして、ちゃんと、きみの姿《すがた》が見えるんだからね。」

「でも、子どもたちには、ぜんぜん見えなかったんだがなあ。ぼくにぶっつかって、ころんで、泣《な》いた子があったくらいだよ。ぼくは、かくれみのを着《き》たようで、ほんとうにおも

しろかった。」

「うん、きっと、わけがあるんだ。それから、地下室《ちかしつ》にとじこめられている人のこと、カニ怪人《かいじん》の衣装《いしょう》の下から日本人があらわれたこと、みんな明智先生《あけちせんせい》の考えとあうのだよ。やっぱり先生はえらいなあ。」

「じゃ、どういうことになるんだい？　カニ怪人は、いったい、何者《なにもの》なんだい？」

「ぼくには、まだわからない。そんなことを、ここで議論《ぎろん》しているよりも、はやく、このことを、明智先生に知らせたい。なににしても、ふたりで、ここを、ぬけださなくちゃあ。いや、ふたりじゃない。できれば地下室の人も、いっしょに、つれだしたいね。」

小林君《こばやしくん》は、そういって、しばらく考えていましたが、にわかに、目をかがやかせて、

「あっ、いいことがある。三人でぬけだせるよ。今晩《こんばん》、それをやってみよう。きっと、うまくいくよ。」

そうして、ふたりは、しきりに、なにかささやきあうのでした。

さて、その晩、八時ごろのことです。

小林少年《こばやししょうねん》は、いつもポケットにいれている万能《ばんのう》かぎで、ドアをひらいて、井上君《いのうえくん》といっしょに部屋《へや》を出ました。

それから三十分ほどたつと、三人のカニ怪人が、玄関《げんかん》から出ていきました。玄関には、

番人のカニ怪人《かいじん》がいましたが、三人を見ると、はさみのある手をふって、あいさつしました。三人づれのほうも、同じように手をふって、それにこたえ、そのまま外に出ていきました。

門を出ると、あたりは、いちめんの原っぱで、恐《おそ》ろしくさびしい場所《ばしょ》でした。

「このへんは、＊北多摩郡《きたたまぐん》なんだよ。」

カニ怪人のひとりが、あとのふたりにいってきかせました。

怪人の家から二百メートルほどへだたった林の中に、一台の自動車《じどうしゃ》が、ライトを消《け》して、とまっていました。三人の怪人は、じゃまになる頭《あたま》のカニのこうらだけとって、おりたたんで手に持つと、自動車に乗《の》りこみ、ひとりがハンドルをとって、都心《としん》にむかって、車を進《すす》めました。

車は広い街道《かいどう》を、まっしぐらに、走っていきます。

「へんだな。あの車、さっきから、ずっと、つけてくるよ。おやっ、パトカーじゃないか。ほかに車はいないから、きっとこの車を、おっかけてくるんだよ。」

「ぼくたちの、へんな姿《すがた》を見て、あやしんだのかもしれないね。かまわないよ。おっかけさせておくさ。」

ハンドルをにぎっていた怪人が、こたえました。

＊ 作品が書かれたころ北多摩郡はあったが、一九七〇年になくなった

「あっ、パトカーが二台になった。二台で、おっかけてくるよ。」

というまに、二台のパトカーは、サイレンをならしはじめました。ねらわれているのは、三人の怪人《かいじん》の車にちがいないことが、わかってきました。

しかし、けっして、速度《そくど》をゆるめません。そのまま、走っていますと、あっ、こんどは、前のほうから、べつのパトカーが、走ってくるではありませんか。

はさみうちにされたのです。

こうなっては、車をとめるほかありません。怪人たちの車は、さびしいいなか道で、ピッタリと停車《ていしゃ》しました。

前とうしろのパトカーも、とまりました。そして、三台の車から、五人の警官《けいかん》がおりてきて、怪人の車をとりかこみました。

警官の懐中電灯《かいちゅうでんとう》が、パッと、こちらの車内《しゃない》へ、さしつけられます。

「きみたちは、なにものだっ。」

どなり声といっしょに、二丁《ちょう》のピストルが、こちらをねらっています。

車内の三人は、無言《むごん》のまま、大いそぎで、怪人の衣装《いしょう》をぬぎはじめました。

さいしょに、顔《かお》をあらわしたのは、小林少年《こばやししょうねん》でした。

「ぼく、明智探偵《あけちたんてい》の助手《じょしゅ》の小林です。」

「あっ、小林君《こばやしくん》か。」

新聞写真《しんぶんしゃしん》でおなじみの小林少年《こばやししょうねん》ですから、警官《けいかん》たちも、よく知っています。

「どうして、そんなへんなふうをしているんだ。カニ怪人《かいじん》の仮装《かそう》なんて、ぶっそうじゃないか。」

「これには、わけがあるんです。まずさいしょに明智先生《あけちせんせい》、それから警視庁《けいしちょう》の中村警部《なかむらけいぶ》に話さなければなりません。それまでは、くわしいことはいえないのです。ここは見のがしてください。けっして、ごめいわくはかけません。では、いそぎますから……」

そういったかとおもうと、小林君は、いきなり車を発車《はっしゃ》させました。

五人の警官は、やにわに車が走りだしたので、おどろいて、とびのきました。

ふりかえってみると、警官たちは、しきりに手をふって、なにかどなっています。しかし、小林君は、かまわず車をとばして、明智探偵事務所《あけちたんていじむしょ》へといそぎました。

この三人は小林少年と、井上少年《いのうえしょうねん》と、それから、地下にとじこめられていた、あの紳士《しんし》です。

井上君《いのうえくん》が見つけておいた、押《お》し入《い》れの中にさがっているカニ怪人の衣装《いしょう》を、三つとりだして、三人が身《み》につけ、なかまと見せかけて、番人の目をくらまし、なんなく逃《に》げだすことができたのです。

林の中にとまっていた自動車《じどうしゃ》は、小林君《こばやしくん》が乗《の》りすてておいた、アケチ一号でした。

さあ、なんだかへんなことになってきました。妖星人《ようせいじん》R《アール》というのは、いったい何者《なにもの》でしょう。星の住人《じゅうにん》ではなくて、もっとちがった、恐《おそ》ろしい怪物《かいぶつ》かもしれません。

ともかく、彼《かれ》らは、地球人《ちきゅうじん》にはまねのできない、ふしぎな妖術《ようじゅつ》をつかうのです。

さいしょ、彼らのひとりは、銚子《ちょうし》の近くの海の中から、姿《すがた》をあらわしました。

それから、古山博士邸《ふるやまはかせてい》の庭《にわ》の土の中からわきだし、書庫《しょこ》にはいって、貴重《きちょう》な推古仏《すいこぶつ》をぬすむと、そのまま書庫の中で消《き》えてしまいました。おおぜいの人にとりかこまれたのですから、ぜったいに、逃《に》げるすきはなかったのです。

そのつぎには、カニのおじいさんにばけて、井上少年《いのうえしょうねん》を森の中にさそいこみ、自分も消えてみせたうえ、井上君も消《け》してしまいました。井上君の姿は、十何人の子どもたちにも、まったく見えなかったのです。

さいごに、岩谷美術館《いわやびじゅつかん》の、ねこそぎ盗難《とうなん》です。ここでは、庭のヒマラヤスギの根《ね》もとや、地下室《ちかしつ》のコンクリートの中から、カニ怪人《かいじん》が姿をあらわし、また、そこから消えていきました。古山博士の庭のときには、怪人のあらわれた穴《あな》がのこっていましたが、美術館のときには、穴なんかあけないで、たいらな土の中から、また、厚《あつ》いコンクリートの中から、やすやすと、あらわれたり、消えたりしたのです。

これらのふしぎを、どう説明《せつめい》すればよいのでしょう。そこに妖星人《ようせいじん》と称《しょう》する怪人《かいじん》の知恵《ちえ》があるのです。明智探偵《あけちたんてい》や小林少年《こばやししょうねん》が、この知恵と戦《たたか》うのです。そして、いつものとおりに、きっと、勝《か》ってしまうにちがいないのです。

その知恵くらべの場面《ばめん》は、すぐこのあとに、待ちかまえています。

そのときこそ、これらのすべての疑問《ぎもん》が、ときあかされるでしょう。そして、さらに、それ以上《いじょう》の大秘密《だいひみつ》が、ばくろされるでしょう。

名探偵登場《めいたんていとうじょう》

小林《こばやし》、井上《いのうえ》の二少年が、ひとりの紳士《しんし》をたすけて、カニ怪人《かいじん》の住《す》み家《か》をぬけだした、ちょうどそのころ、岩谷美術館《いわやびじゅつかん》の館長室《かんちょうしつ》には、館長の古山博士《ふるやまはかせ》と、警視庁《けいしちょう》の中村警部《なかむらけいぶ》と、私立《しりつ》探偵《たんてい》の明智小五郎《あけちこごろう》の三人が、テーブルをはさんで、話しあっていました。

美術館の陳列品《ちんれつひん》が一夜《いちや》のうちに、ねこそぎぬすまれるという、とほうもない事件《じけん》がおこり、いくらしらべても、そのやりかたがわかりませんので、古山博士が、明智探偵の知恵をかりてはどうかといいだし、中村警部が、友だちの明智探偵をつれてやってきたのです。

古山博士は、いままでのことを、くわしく、明智探偵に話しました。

まずさいしょ、古山博士《ふるやまはかせ》の自宅《じたく》へ、カニ怪人《かいじん》があらわれ、書庫《しょこ》の中の推古仏《すいこぶつ》をぬすんで、そのまま消《き》えうせてしまったこと。

それから、美術館《びじゅつかん》の庭《にわ》や地下室《ちかしつ》のコンクリートの床《ゆか》から、カニ怪人がわきだすようにあらわれたり、消えたりしたこと。そして、一夜《いちや》のうちに美術品《びじゅつひん》がねこそぎぬすみだされたことなどを、順序《じゅんじょ》をおって話しました。

その話がおわったころ、ドアがひらいて、ひとりの警官《けいかん》がはいってきました。そして明智探偵《あけちたんてい》のそばによって、なにかささやきました。美術館のまわりには、まだ、数人の警官が見はりをつづけているのですが、この警官はその中のひとりでした。

「ちょっと、失礼《しつれい》します。」

明智探偵は、そういって、警官といっしょに、部屋《へや》を出ていきました。

どこへいったのでしょう。ひどく、手間《てま》どるようです。やがて十分《ぷん》もたったころ、やっと明智探偵がかえってきました。

明智はみょうな顔《かお》をしていました。なんだか、くるしそうです。なにかじっと、がまんしてるようです。

しかし、もうがまんができなくなりました。名探偵《めいたんてい》は、おかしくてたまらないというように、いきなり、笑《わら》いだしたではありませんか。

「ハハハハ……、いや、しつれい。あまりおかしいものだから、つい、笑《わら》ってしまいました。古山博士《ふるやまはかせ》、それから中村君《なかむらくん》、大笑《おおわら》いだよ。日本じゅうの、いや、世界《せかい》じゅうの大笑いだよ。」

古山博士と中村警部《なかむらけいぶ》は、あっけにとられて、明智探偵《あけちたんてい》の顔《かお》を見つめました。なにがおかしいのか、すこしもわからないからです。

「新聞がだまされたのです。いや、われわれみんなが、だまされたのです。あいつは世界《せかい》一《いち》の奇術師《きじゅつし》です。ふしぎなすい星《せい》があらわれたのは事実《じじつ》です。しかし、そこにカニのような怪物《かいぶつ》がすんでいるなんて、うそっぱちですよ。千葉県《ちばけん》の海の中からあらわれたやつ、それから東京《とうきょう》をさわがせたやつは、すい星人《せいじん》ではなくて、地球《ちきゅう》の人間にすぎません。

あのすい星があらわれたのをさいわいに、すい星人にばけて、世界をあっといわせようと、たくらんだのです。じつに、とほうもない考えです。

新聞が、そのたくらみにひっかかりました。そして、世界じゅうのうわさの種《たね》になったのです。この大奇術《だいきじゅつ》を考えだしたやつは、さぞ、とくいがっていることでしょう。世界をだましたのですからね。大笑いですよ。世界じゅうの大笑いですよ。」

明智探偵は、そういって、また、笑いだすのでした。

しかし、博士と警部には、なにがなんだかわかりません。

「しかし美術館《びじゅつかん》の陳列品《ちんれつひん》を、ねこそぎぬすみだすなんて、人間わざでは、とてもできないことだし、そのほか、説明《せつめい》のつかないふしぎなことが、たびたびおこっている。」

中村警部《なかむらけいぶ》が、明智《あけち》の顔《かお》をにらみつけるようにしていうのでした。

「順序《じゅんじょ》をおって話しましょう。もう、ぼくには、すべての秘密《ひみつ》がわかっているのだ。まず、さいしょのふしぎは、古山博士《ふるやまはかせ》の書庫《しょこ》から、カニ怪人《かいじん》が消《き》えうせたことですね。」

明智がそこまでいったとき、いきなりドアがあいて、三人の警官《けいかん》がはいってきました。

そして、明智探偵《あけちたんてい》の目のさしずにしたがって、入り口のドアと、二つの窓《まど》の前に、ひとりずつ立ち番をはじめました。だれも、この部屋《へや》から、逃《に》げだせなくなったのです。

それにしても、これはいったい、どうしたわけでしょう。この部屋には、古山博士と、中村警部と、明智探偵の三人だけで、逃げださなければならないような人は、だれもいないではありませんか。

「カニ怪人が、書庫《しょこ》から消えたわけを、お話しします。」

明智がつづけました。

「カニ怪人は、うすいプラスチックでできた、よろいのようなものを着《き》ていて、中には人間がはいっていたのです。ですから、手ばやく、そのよろいをぬいでしまえば、人間にもどるわけで、そこに、あいつの手品《てじな》の種《たね》があったのです。

カニのよろいは、たためば小さくなるようにできていました。書庫《しょこ》には木の箱《はこ》がたくさんおいてあります。あいつは大いそぎで、その木箱《きばこ》のひとつに、ぬすんだ推古仏《すいこぶつ》と、おりたたんだカニのよろいとを、かくしたのです。

あとで、みんなが、書庫の中をくまなくさがしました。カニ怪人《かいじん》がかくれていないかと、さがしたのです。本棚《ほんだな》の本のうしろまで、さがしました。しかし、カニ怪人がはいれそうもない、小さな木箱などは、しらべなかったのです。あいつの、思うつぼにはまったのです。では、カニのよろいをぬいだ犯人《はんにん》は、どこにいたのか。それは、みんなが書庫の内側《うちがわ》の、観音《かんのん》びらきのとびらを、おしあけてはいっていったとき、とびらのうしろにかくれていて、みんなが書庫のおくをさがしているときに、あとからきたような顔をして、姿《すがた》をあらわしたのです。

あのとき、さいごに書庫へはいってきたのは、だれでしたか。」

「それは、わたしでした。わたしは、あのとき、母屋《おもや》にいたので、庭《にわ》にいた刑事《けいじ》さんたちより、ちょっと、おくれたのですよ。」

「ところが、あのとき、あなたが母屋にいたかどうか、だれも見ていたものがありません。カニのよろいを着《き》て、庭《にわ》の土をほって、半分《はんぶん》ほどからだをうずめ、そこから、はいだしたように見せかけて書庫《しょこ》にはいり、手ばやく、カニのよろいをぬいで、かくしてしまえば、それでよかったのです。」

「ハハハハ……、これはおかしい。きみはなにをいいだすのです。あのぬすまれた推古仏《すいこぶつ》は、わたしの美術館《びじゅつかん》のものですよ。自分のものを自分でぬすむなんて、そんなばかなことが、ハハハ……。」

古山博士《ふるやまはかせ》が、あきれたように、笑《わら》いだしました。

「そうです。だれでも、そう思います。自分で自分のものをぬすむやつはありません。しかし、あいつは、そこにつけこんで、魔法《まほう》をつかってみせたのです。妖星人R《ようせいじんアール》というふしぎな生きものが、地球《ちきゅう》へやってきたと思わせようとしたのです。

ところで、第二《だい》のふしぎな事件《じけん》は、あなたがたも、ぼくも見ていません。これを見たのは、井上君《いのうえくん》という少年探偵団員《しょうねんたんていだんいん》です。その井上君をここによびましょう。」

それを聞くと、古山博士が、ギョッとしたように、イスから立ちあがりました。

「博士、おちついてください。まだ、ぼくは話しはじめたばかりです。これから本題《ほんだい》にはいるのです。イスにかけてください。」

古山博士は、青ざめた顔《かお》で、部屋《へや》の中を見まわしました。入り口にも、二つの窓《まど》にも、強そうな警官《けいかん》が立ちはだかっています。とても逃《に》げだすことはできません。

明智探偵《あけちたんてい》がドアの前に立っている警官にあいずをすると、警官はドアをひらいて、廊下《ろうか》に待っていた、ふたりの少年を中にいれました。小林君《こばやしくん》と井上君《いのうえくん》です。怪人《かいじん》の住《す》み家《か》をぬけだしたときのカニのよろいはぬいで、ふだんの服《ふく》を着《き》ていました。

古山博士《ふるやまはかせ》は、少年たちの姿《すがた》を見ると、「あっ、しまった」というような表情《ひょうじょう》で、キョロキョロと、あたりを見まわすのでした。

怪人《かいじん》の正体《しょうたい》

ふたりの少年が、壁《かべ》ぎわの長イスに、ならんでこしかけるのを待って、明智《あけち》が声をかけました。

「井上君、きみの出あったふしぎについて、話してごらん。カニじいさんに、きみが消《け》された話だよ。」

「はい」といって、井上君は、その話をしました。カニのおじいさんに出あったこと、おじいさんに森の中へつれこまれ、おじいさんがカニ怪人の姿《すがた》になって消《き》えてみせたこと、そして、井上君も消されてしまったこと、おおぜいの子どもに自分の姿が見えず、自分にぶつかってころんだ子どもがあったことなどを、かいつまんで話しました。

「それで、きみはいまでも、自分が消されたと思っているのかね。」

「いいえ、ぼくは、いっぱいくわされたらしいのです。ぼくが見えなかったのは、子どもたちばかりで、そのあと出あった人には、ぼくの姿《すがた》は、よく見えたのですから。しかし、どうして子どもたちに見えなかったのか、ふしぎでしかたありません。」

「まず、森の中でカニ怪人《かいじん》が、消《き》えてみせた。そして、姿を消《け》す力を持っていることを、きみに信《しん》じこませた。そのとき、怪人は、ほんとうに消えたのだと思うかね。」

「わかりません。しかし、消えたように見えました。」

「カニ怪人は星の生きものではなくて、地球《ちきゅう》の人間なのだから、消えられるはずはない。それも、あいつの手品《てじな》だよ。そのとき、怪人は大きな木の下にいたんだね。おそらく、その木の上のほうの、葉のしげった中に、なかまがかくれていたんだよ。

そいつが、車にまきつけた黒いナイロンのひもを、上からさげる。そのひものさきには、かぎがついていて、怪人がそのかぎを、自分の背中《せなか》にひっかけるようなしかけになっていたにちがいない。うす暗《ぐら》い森の中だから、ナイロンのほそいひもは見えはしない。

かぎをひっかけると、木の上のなかまは、木の枝《えだ》にとりつけた車をまわす。怪人は上にひきあげられ、葉のしげみの中に、かくれてしまうというわけだよ。

しかし、ただひきあげたのでは、すぐわかってしまうから、煙《けむり》をはきだして、自分のからだを、煙につつんでしまった。からだのどこかに、こい煙が出るしかけを用意《ようい》しておいたんだね。

それから、きみが消《け》された。それをたしかめるために、またカニじいさんがあらわれて、子どもたちをよんだ。その子どもたちは、みんなカニじいさんの味方《みかた》だったのさ。みんなにカニをやるからという約束《やくそく》で、おしばいをさせたんだよ。

子どもたちは、きみの姿《すがた》がすこしも見えないような、おしばいをやってみせた。きみにぶつかって、たおれて、泣《な》きだした子どもさえある。子どもは、やる気になれば、うまいおしばいができるものだ。カニじいさんは、子どもの心をよくつかんでいたのだよ。

まさか、子どもたちが、そろっておしばいをしているなんて、思いもよらないものだから、つい、信《しん》じてしまう。井上君《いのうえくん》は、自分のからだが消《き》えてしまったと、信じたわけだよ。」

そのとき、中村警部《なかむらけいぶ》が、首をかしげながら、口をだしました。

「井上君に、自分が消えたと思いこませるために、ずいぶん手数《てすう》をかけたものだね。どうして、そんな必要《ひつよう》があったのかね。」

「必要なんかないさ。いたずらだよ。カニ怪人《かいじん》にばけたやつは、とほうもないいたずらずきなんだ。どんな手数をかけても、いたずらがやってみたかったのさ。

だいいち、妖星人R《ようせいじんアール》と名のって、カニ怪人にばけたことだって、世界《せかい》を相手《あいて》の大いたずらだからね。

それから、もうひとつは、カニ怪人《かいじん》は、少年探偵団《しょうねんたんていだん》をやっつけようとしたんだ。幹部《かんぶ》の井上君《いのうえくん》を、まずとりこにして、BD《ビーディー》バッジを道にまいて、小林団長《こばやしだんちょう》をよびよせようとした。小林君《こばやしくん》は、その手にのって、怪人のとりこになってしまった。しかし、ふたりの少年は、じつにうまいやりかたで、そこを逃《に》げだした。ぼくは、ふたりの話を聞いて、カニ怪人の秘密《ひみつ》を、すっかり、さとることができたのだよ。」

「なるほど、そんなことがあったんだね。しかし、もっとふしぎなことがある。これは、どうにも、ときようがない。カニ怪人の出入りをした地面《じめん》に、穴《あな》もなにもなかった。コンクリートと床《ゆか》や壁《かべ》から、自由《じゆう》にあらわれたり、また、そこへ消《き》えたりした。それは、この美術館《びじゅつかん》の庭《にわ》と地下室《ちかしつ》でおこったことだ。カニ怪人が地球《ちきゅう》の人間だとすると、この謎《なぞ》が、どうしても、とけないことになる。」

「それはなんでもないことだ。わけなくとけるのだよ。」

明智探偵《あけちたんてい》が、こともなげに、こたえました。

「じゃあ、といてくれたまえ。ぼくには、どうしてもわからない。」

中村警部《なかむらけいぶ》が、かぶと＊をぬぎました。

「正面《しょうめん》から考えると、わけがわからないのだよ。しかし、きみは、それを自分の目で見たかね。」

＊ こうさんする

「見たわけではない。古山博士《ふるやまはかせ》から聞いたのだ。しかし、博士とその話をしているときに、窓《まど》の外からカニ怪人《かいじん》がのぞいていたので、みんなでおっかけたのだが、怪人は、庭《にわ》のヒマラヤスギの根《ね》もとで消《き》えてしまった。そして、地面《じめん》には、なんのあともものこっていなかった。」

「それは、さっき話したように、なかまが木の上にいて、車にまいたナイロンのひもで、ひきあげたんだよ。夜のことだから、よくわからなかった。それに博士から、地面にすいこまれるように消えるという話を聞いていたので、つい、そう信《しん》じてしまったのだよ。」

「すると、博士は、つくり話をしていたのか。」

「そうとしか考えられないね。」

それを聞くと、古山博士が、ぐっとこちらをにらみつけて、どなるようにいいました。

「明智《あけち》さん、あなたをおよびしたのは、この美術館《びじゅつかん》の盗難事件《とうなんじけん》の謎《なぞ》をといてもらいたかったからです。よぶんな話はどうでもよろしい。どうして、美術品《びじゅつひん》がねこそぎぬすまれたか、その犯人《はんにん》はどこにいるのか、それが知りたいのです。」

明智探偵《あけちたんてい》は、ニッコリと笑《わら》いました。

「ほんとうに知りたいのですか。」

「もちろんです。」

「では、いいましょう。その犯人《はんにん》は……」

「その犯人は……」

明智《あけち》と古山博士《ふるやまはかせ》とは、おたがいの目を、のぞきこむようにして、むかいあっていました。

「その犯人は、ここにいます。」

明智が、ピシリとむちをならすように、いいきりました。

「ここ とは?」

「この部屋《へや》です。古山博士、犯人はあなたです。」

明智の人《ひと》さし指《ゆび》が、まっこうから、博士を指さしました。

「ワハハハ……、こいつはおかしい。またしても、わたしは、わたしのものを、ぬすんだのですね。自分が館長《かんちょう》をつとめている美術館《びじゅつかん》の品物《しなもの》を、ぬすんだといわれるのですか。」

「あなたは、岩谷美術館《いわやびじゅつかん》の館長ではありません。」

「え、え、なんといわれる?」

「きみは、古山博士ではないというのだ。」

それを聞くと、博士は、すっくと、イスから立ちあがりました。

「このわたしが、古山ではないといわれるのか。いったい、なにを証拠《しょうこ》に……」

「小林君《こばやしくん》、その証拠をつれてきたまえ。」

明智《あけち》にいわれて、小林少年《こばやししょうねん》は、部屋《へや》からかけだしていきましたが、まもなく、ひとりの紳士《しんし》をつれて、あらわれました。

それは、井上少年《いのうえしょうねん》が、カニ怪人《かいじん》の住《す》み家《か》の地下室《ちかしつ》で発見《はっけん》した、あの紳士でした。半月《はんつき》のあいだ、とらわれていたので、服《ふく》はしわだらけになり、顔《かお》はひげでおおわれていましたが、見くらべると、古山博士《ふるやまはかせ》とそっくりでした。

「あなたは、古山博士ですね。」

明智が、その紳士にたずねました。

「そうです。わたしは、カニ怪人というばけものにつれさられて、いままで地下室にとじこめられていたのです。」

「ここにいる人も、古山博士と名のっています。古山博士がふたりになりました。よくにていますね。いったい、どちらがほんもので、どちらがにせものでしょう。」

明智が、おどけたようにいいました。

ふたりの古山博士は、立ったまま、正面《しょうめん》からにらみあっています。

「こいつがにせものです。聞けば、美術館《びじゅつかん》の品物《しなもの》が、ねこそぎぬすまれたそうですが、そのぬすみをやるために、わたしを地下室にとじこめておいて、わたしにばけたのです。館《かん》長《ちょう》がどろぼうとは、だれも考えない。そこが、こいつのつけめだったのです。」

「ふうん、そうだったのか。」

中村警部《なかむらけいぶ》が、やっと、気づいたようにいいました。

「すると、ゆうべ、睡眠薬《すいみんやく》のはいったコーヒーでねむらされたのは、われわれ警官《けいかん》だけで、館長《かんちょう》や事務員《じむいん》は、ねむったといっていたが、じつはねむったのではなかった。そのあいだに、なかまが乗《の》ってきたトラックに、美術品《びじゅつひん》をつみこむ手つだいをしたのだ。そして、すっかり、はこびだしてしまうと、もとの部屋《へや》にもどって、ねむっているように見せかけたのだ。待てよ、すると、あの四人の事務員も、ほんとうの館員《かんいん》ではなくて、犯人《はんにん》のなかまがばけていたんだな。」

これで、すっかり、謎《なぞ》がとけたわけです。しかし、にせものの古山博士《ふるやまはかせ》は、なかなか、へこたれません。ごうぜんとして、つっ立っています。

「どこの馬の骨*かわからない、こんな男をつれてきて、わたしをにせものだなんて、とんでもない、いいがかりだ。わたしが古山であることは、妻《つま》や子どもが証明《しょうめい》してくれるよ。」

「いかにも、きみはこの半月《はんつき》ばかり、おくさんや子どもまでだました。それほど、きみの変装《へんそう》は手にいっているのだ。そういう変装の名人は、日本じゅうに、たったひとりしかいない。わかるかね。ぼくは二十のちがった顔《かお》を持つ男のことを、いっているんだよ。」

＊生まれなどがよくわからない、つきあってもかいのない人間をあざけっていうことば

古山博士《ふるやまはかせ》が、ギョッとしたように、からだをかたくしました。みるみる顔色《かおいろ》がかわっていきます。

「きみは、怪人《かいじん》二十面相《めんそう》だっ。」

明智《あけち》がたたきつけるように、叫《さけ》びました。

「アハハハハ……、妖星人《ようせいじん》R《アール》、カニ怪人《かいじん》の正体《しょうたい》は二十面相だった。このとほうもない知らせは、日本じゅうを、いや、世界《せかい》じゅうを、ゲラゲラと大笑《おおわら》いさせるだろう。きみは、これで、もうじゅうぶん目的《もくてき》をたっしたのだ。どうだね、二十面相君《めんそうくん》。」

怪《かい》電《でん》話《わ》

日本じゅうが、いや、世界《せかい》じゅうが、笑いにつつまれるときがきました。

妖星人Rのカニ怪人が、日本にあらわれたことは、世界じゅうの新聞にのせられたのです。そのカニ怪人が、じつはにせもので、怪人二十面相という宝石《ほうせき》どろぼうがばけていたのだとわかったときには、世界じゅうがあっとおどろき、あまりのことに、笑いだしてしまったのです。

中村警部《なかむらけいぶ》は、二十面相を警視庁《けいしちょう》へつれていくのに、普通《ふつう》の自動車《じどうしゃ》では、安心《あんしん》ができないと思ったので、電話でげんじゅうな犯人護送車《はんにんごそうしゃ》をよび、二十面相《めんそう》に手錠《てじょう》をはめ、ふたりの警官《けいかん》をつきそわせて、その護送自動車《ごそうじどうしゃ》に乗《の》せることにしました。

護送車が出発《しゅっぱつ》すると、明智探偵《あけちたんてい》と、中村警部《なかむらけいぶ》と、のこったひとりの警官とは、美術館《びじゅつかん》の中を歩きまわって、二十面相の部下《ぶか》が、どこかにかくれていないかと、しらべましたが、なにも発見《はっけん》することはできませんでした。

館内《かんない》をしらべおわったとき、明智探偵は、ある部屋《へや》の窓《まど》の外をのぞいていましたが、なにを見つけたのか、あっと声をたてました。

「明智君《あけちくん》、どうしたんだ。」

中村警部が、おどろいてたずねます。

「あれを見たまえ。あそこに物置《ものお》き小屋《ごや》がある。その屋根《やね》の下に、電線《でんせん》がひっぱってあるじゃないか。あれは電灯線《でんとうせん》ではない。電話線《でんわせん》のようだ。物置き小屋に電話線がひいてあるのはおかしいね。」

こちらの部屋の電灯が、ガラス窓をとおして、むこうの物置き小屋をボンヤリてらしています。その屋根の下に、かすかに電線が見えているのです。

「いってみよう。」

明智はいいすてて、部屋をとびだしていきました。中村警部と警官も、そのあとにつづきます。

庭《にわ》へ出て、物置《ものお》き小屋《ごや》へいくと、明智《あけち》はいきなり、その小屋《こや》の戸をひらきました。

「やっぱりそうだ。ここに電話機《でんわき》がある。」

明智が、叫《さけ》びました。

物置きのすみに、電話機がおいてあるのです。

「きみ、用務員《ようむいん》をよんできてくれませんか。」

明智のことばに、中村警部《なかむらけいぶ》のあとからついてきた警官《けいかん》が、むこうへかけだしていきましたが、やがて、美術館《びじゅつかん》の用務員をつれて、もどってきました。

「ここに、前から電話がひいてあったのかね。」

明智にたずねられて、用務員はびっくりして、小屋の中をのぞきこみました。

「おやっ、いつのまに、こんな電話が……。いいえ、いま見るのがはじめてです。こんな物置き小屋に電話をひくはずがありませんよ。」

「やっぱりそうだ。これは二十面相《めんそう》の部下《ぶか》がひいたのだよ。」

明智探偵《あけちたんてい》が、中村警部に説明《せつめい》しました。

「二十面相の部下は、ここにかくれて、美術館《びじゅつかん》からの電話を、ぬすみ聞きしていたんだよ。用心《ようじん》ぶかい二十面相は、自分に危険《きけん》がせまったときには、なにかうまい方法《ほうほう》で、たすかるくふうをしておいたのにちがいない。」

明智《あけち》はそこで、ふっとだまりこんでしまいました。なにか考えています。やがて、明智の目がキラッとひかりました。

「あっ、そうだ。あれがあやしい。中村君《なかむらくん》、いま二十面相《めんそう》を乗《の》せていった護送車《ごそうしゃ》は、ほんとうに警視庁《けいしちょう》からきたのかね。」

「なんだって？　きみは、あれがにせものだったというのか。」

「うん、そうなんだ。もう一度《ど》警視庁へ電話をかけて、たしかめてくれたまえ。」

それを聞くと、中村警部《なかむらけいぶ》はあわてて、美術館《びじゅつかん》のほうへかけだしていきました。

あとにのこった明智は、物置《ものお》き小屋《ごや》の受話器《じゅわき》を耳にあてました。警官《けいかん》と用務員《ようむいん》は、そのそばに立って、明智の顔《かお》を見つめています。

「あっ、中村君の声が聞こえる。警視庁が出たよ。……やっぱりそうだ。警視庁では、護送車を送ったおぼえがないといっている。さっき中村君が警視庁へ電話をかけたとき、この電話で、ぬすみ聞きしていたやつが、電話線《でんわせん》のスイッチをきって、警視庁のかわりに、自分がこたえたんだ。ためしに、やってみようか。」

明智《あけち》はそういって、電話機《でんわき》の横《よこ》にあるスイッチをきりかえました。

「もしもし、ぼくだよ。明智だよ。」

「あっ、物置《ものお》き小屋《ごや》からだね。すると……」

中村警部《なかむらけいぶ》のびっくりした声です。

「そうなんだ、ここにかくれていた二十面相《めんそう》の部下《ぶか》のやつが、警視庁《けいしちょう》だといって、きみと話をしたんだ。そして、護送車《ごそうしゃ》を送《おく》ることをひきうけて、電話《でんわ》をきったのだから、警視庁はなにも知らない。あの護送車は警視庁からきたのじゃない。」

「じゃあ、どこからきたのだ。」

「二十面相のどこかのかくれ家《が》からきたのさ。二十面相は、まんいちの場合《ばあい》にそなえて、にせの護送車をつくっておいたのだ。そして、それに乗《の》りこんで、逃《に》げだしたというわけだよ。」

「しかし、部下がふたり、乗りこんでいる。」

「あのふたりは、ひどいめにあっているかもしれないよ。」

「すぐ、手配《てはい》するように、もう一度《ど》警視庁へ電話したまえ。どの方角《ほうがく》へ逃げたかわからないが、特徴《とくちょう》のある護送車だから、うまくつかまるかもしれない。」

「よし、それじゃ、スイッチをきってくれたまえ。」

そして、警視庁に電話がかけられ、東京《とうきょう》のぜんぶの警察《けいさつ》に、にせ護送車のことが、つたえられたのでした。

壁《かべ》から手が

手錠《てじょう》をはめられた二十面相《めんそう》は、ふたりの警官《けいかん》にまもられて、護送自動車《ごそうじどうしゃ》に乗《の》りこみました。四角な箱型《はこがた》で、出入り口のドアはうしろについています。あかりとりの小窓《こまど》ばかりで、外をながめるような窓はありません。

片側《かたがわ》が、たてに長いイスになっています。ふつうの護送車は、両側《りょうがわ》にイスがあるのに、これは片側にしかありません。

ふたりの警官は、見なれない護送車だと思いましたが、運転席《うんてんせき》にはふたりの制服警官《せいふくけいかん》が乗っていて警視庁《けいしちょう》の車にちがいないので、べつにあやしみもしません。二十面相をまん中にはさんで、そこに腰《こし》をおろしました。

護送車が出発《しゅっぱつ》して、五分も走ったと思うころ、恐《おそ》ろしいことがおこりました。

ふたりの警官が、こしかけているうしろの、窓のない鉄板《てっぱん》の壁《かべ》から、ヌーッと四本の手が、あらわれたではありませんか。

鉄板の人間の首の高さぐらいのところに、横《よこ》にずっとすきまができていて、ちょうつがいで、ふたがさがっているのです。そのふたを、中のほうへ持ちあげて、ひらいたすきま

から、四本の手が、ふたりの警官《けいかん》の首のあたりへのびてきたのです。

この護送車《ごそうしゃ》は、片側《かたがわ》の壁《かべ》が、人間がかくれるほど、あつくできていたのです。そこにふたりの人間がかくれていて、すきまから、両手《りょうて》をだしたのです。

二十面相《めんそう》をまもっている、ふたりの警官の首の両側《りょうがわ》から、二本の手があらわれ、一方の手には、ハンカチのような白い布《ぬの》がにぎられていました。

あっとおもうまに、その白い布が、ふたりの警官の口におしつけられ、両手でグッと、おさえられました。

警官はおどろいて、その手をはねのけようとしましたが、恐《おそ》ろしい力でしめつけているので、どうすることもできません。口にあてられた白い布からは、なんともいえない、いやなにおいが、のどのおくへはいっていきます。そして、しばらくすると、スーッと気がとおくなっていきました。その布には麻酔剤《ますいざい》が、しみこませてあったのです。

まもなく、ふたりの警官はグッタリとなって、イスの上に、のびてしまいました。

「よし、もうだいじょうぶだ。このふたりをねかしたまま、車をどこかさびしいところにすてるんだ。そして、逃《に》げだすのだ。明智《あけち》のやつ、いまごろは、あのかくし電話に気がついたかもしれない。そして東京《とうきょう》じゅうの警察《けいさつ》に、手配《てはい》をしたのかもしれない。いつまでもこの車に乗《の》っていては、あぶないのだ。」

二十面相《めんそう》は、イスのうしろの壁《かべ》の中にかくれている部下《ぶか》に話しかけながら、カチンと、手錠《てじょう》をはずしてしまいました。彼《かれ》は手錠ぬけの名人なのです。

それから、イスの前にしゃがんで、クッションの下のかくし戸をひらき、大きなひきだしを、ひっぱりだしました。

その中に変装《へんそう》の道具《どうぐ》がはいっているのです。二十面相は、そこから鏡《かがみ》をだして、自分の顔《かお》をうつしながら、変装をはじめました。そして、六、七分のあいだに、ちがった服《ふく》を着《き》た、ちがった顔の、まったくべつの人間になってしまいました。

いままでは古山博士《ふるやまはかせ》にばけていたのですが、こんどは六十ぐらいの老人《ろうじん》にかわったのです。

そのとき、車はさびしい原っぱに、とまっていました。

「さあ、みんなおりるんだ。この車はすてておけばいい。そのうち、だれかが見つけて、このおまわりさんたちを、たすけてくれるだろう。」

老人にばけた二十面相は、うしろのドアをひらいて、外にとびおりました。運転台《うんてんだい》のふたりの部下《ぶか》が、とびだしてきました。このふたりとも、いつのまにか、警官《けいかん》の制服《せいふく》をぬいで、ジャンパー姿《すがた》に、かわっていました。

そのあとから、秘密《ひみつ》のかくれ場所《ばしょ》をぬけだした、ふたりの部下がおりてきました。このふたりもジャンパーを着《き》ています。そして二十面相《めんそう》と四人の部下《ぶか》は、暗《くら》い原っぱを横《よこ》ぎり、どことも知れず、立ちさってしまいました。

明智探偵《あけちたんてい》はみごとに二十面相の秘密《ひみつ》をあばきました。そして、彼《かれ》をとらえたのですが、二十面相は、いつものように、最後《さいご》のおくの手を用意《ようい》していました。にせ護送車《ごそうしゃ》のおくの手です。

明智は、かくし電話の発見《はっけん》から、にせ護送車にすぐ気がつき、いそいで手配《てはい》したのですが、とうとうまにあいませんでした。二十面相はにせ護送車を、おしげもなくすてて、逃《に》げだしてしまったからです。

あやしい小包《こづつみ》

妖星人R《ようせいじんアール》は宝石《ほうせき》どろぼうのいたずらでした。名探偵明智小五郎《めいたんていあけちこごろう》は、その秘密を発見して、一度《ど》はどろぼうをつかまえたが、なにしろ、あいては怪人二十面相《かいじんめんそう》という魔術師《まじゅつし》のようなどろぼうだから、ちゃんとおくの手を用意して、とうとう、逃げさってしまったということが、日本の新聞はもちろん、世界《せかい》じゅうの新聞にのりました。

世界の人がそれを読んで、あっとおどろきましたが、なんともいえないおかしさに、ゲラゲラわらいだしてしまいました。しかし、わらうだけわらってしまうと、こんどは、なんだか、うすきみ悪《わる》くなってくるのでした。

ことに東京《とうきょう》の人は、身にせまるぶきみさを、感《かん》じないではいられませんでした。二十面《めん》相《そう》は、いつも東京にあらわれるからです。そして、魔法使《まほうつか》いのような、ふしぎなあらわれかたをして、みんなをギョッとさせるからです。

二十面相がにせの護送車《ごそうしゃ》で逃《に》げだしてから、ひと月ほどたちましたが、そのころ、またしても、ふしぎなことが、はじまったのです。

小林少年《こばやししょうねん》をはじめ、少年探偵団《しょうねんたんていだん》のおもな少年たちのところへ、同じような小包郵便《こづつみゆうびん》がつきました。ひらいてみると、中にはボール箱《ばこ》がはいっていて、その中に一ぴきのカニがいれてあったのです。もう死《し》んでいるのもあれば、まだ生きていて、小包をあけると、ゴソゴソとはいだすのもありました。

さしだし人は書いてありません。手紙もはいっていません。ただカニが一ぴき、はいっているばかりです。まったく、わけがわかりません。しかし、ひじょうにぶきみです。カニを見るとすぐカニ怪人《かいじん》を思いだすからです。

あの恐《おそ》ろしい怪物《かいぶつ》があらわれるときには、そのまえぶれとして、小さいカニがたくさんはいだしてきました。すると、この小包で送《おく》られたカニは、やっぱりカニ怪人のあらわれるまえぶれなのでしょうか。

しかし、カニ怪人《かいじん》というのは、二十面相《めんそう》がばけていたのです。では、これは、二十面相が、なにかおそろしいことをやる、まえぶれなのでしょうか。

いずれにしても、カニを送《おく》られた少年たちは、きみが悪《わる》くてしかたがありません。小林《こばやし》団長《だんちょう》のところへよりあって、相談《そうだん》しましたが、べつにいい知恵《ちえ》もうかびません。もうすこし、ようすを見ることにして、わかれました。

ある日のこと、小林少年《こばやししょうねん》と井上一郎君《いのうえいちろうくん》とが、渋谷区《しぶやく》のはずれの、さびしい屋敷町《やしきまち》を歩いていて、へんなものを見つけました。

「井上君、さっきの町かどにも、これと同じ絵がかいてあったね。なんだろう。」

小林君《こばやしくん》が、町かどのみぞのふちの石を指《ゆび》さしました。その石にこんな絵がかいてあるのです。

「カニのようだね。」

「うん、カニだよ。カニといえば、このあいだ、小包《こづつみ》でカニを送ってきたばかりだから、あいつのことを思いだすね。」

「あいつって？」

「怪人《かいじん》二十面相《めんそう》さ。カニを送《おく》ってきたのは二十面相にきまっているよ。あいつ、ぼくたちに挑戦《ちょうせん》してきたのさ。明智先生《あけちせんせい》もそうだろうって、いっていたよ。」

「じゃ、この石にチョークで、カニの絵をかいたのも、二十面相か、あいつの部下《ぶか》かもしれないね。」

「うん、気をつけて、地面《じめん》を見ていこう。まだほかにも、かいてあるかもしれない。」

ふたりは、つぎの町かどで立ちどまりました。そこのマンホールの鉄《てつ》のふたの上に、同じような絵がかいてあったからです。

「あっ、わかった。このカニの目玉《めだま》のほうへまがっていけば、きっと、つぎのまがりかどに、またこの絵がかいてあるよ。さっきから、ぼくたちは、カニの目のむいているほうへ、歩いてきたんだからね。」

そういって、つぎの町かどへいってみますと、思ったとおり、そこにも、絵がかいてありました。

ふたりは、なにかにひきよせられるように、カニの絵のある町かどへとたどって、さっきから一キロほども歩きました。すると、こんどは、ある大きな屋敷《やしき》の門の石の柱《はしら》に、絵がかいてあったではありませんか。

「井上君《いのうえくん》、ここが終点《しゅうてん》かもしれないぜ。」

「うん、そうらしいね。このうちへ、はいってみようか。」

門には鉄《てつ》のとびらがしまっていて、おしてみても、びくともしません。そのへんに、よびりんはないかと、さがしても、見つかりません。

「きみ、だれかに聞いてみよう。むこうにタバコ屋《や》があったね。おじいさんがいた、あすこへいって、聞いてみよう。」

ふたりは、タバコ屋までもどって、おじいさんにたずねました。

「むこうの石の門に鉄の戸のしまっている家ね、あそこには、どういう人が住んでいるのですか。」

「あの家かね。」

おじいさんは、にやにや笑《わら》いながら、ふたりの少年の顔《かお》を見くらべました。

「あそこには、だれも住んでいないよ。」

「じゃあ、空《あ》き家《や》ですか。」

いまどき、空き家なんて、めずらしいと思いました。

「うん、まあ、空き家だね。だれも住み手がない。借《か》りる人も、買う人もいないのだ。」

おじいさんは、意味《いみ》ありげに、片目《かため》をつぶってみせました。

そのへんは、屋敷町《やしきまち》のつづきで、店屋《みせや》といっては、そのタバコ屋《や》が一軒《けん》あるきりです。もう夕方《ゆうがた》で、あたりは、すこしうす暗《ぐら》くなっていました。なんだか別世界《べっせかい》へはいってきたような気がしました。ぽつんとタバコ屋があって、おじいさんがひとりきりで、店番《みせばん》をしています。そのおじいさんのくちびるが、ひどく赤いのも、魔性《ましょう》のもののようで、きみが悪《わる》いのです。

「どうして、住み手がないのですか。」

井上君《いのうえくん》が、たずねてみました。

「あの家には、あやしいことがあるのさ。なんだか恐《おそ》ろしいものが、住んでいるということだよ。」

「恐ろしいものって?」

「わしは見たことはない。人のうわさだ。しかし、いつまでたっても、住み手がないところをみると、まんざら、うわさばかりではなさそうだね。」

「おじいさんは、あのうちの門の柱《はしら》に、チョークでカニの絵がかいてあるのを知っていますか。ここへくる道にも、たくさんのカニの絵がかいてあって、ぼくたちは、その絵にみちびかれて、ここまで、やってきたのですよ。」

それを聞くと、なぜか、おじいさんの顔色《かおいろ》がかわりました。さも恐《おそ》ろしそうに、目はひとところを見つめて、赤いくちびるがブルブルふるえています。

「カニだって？　ああ、恐ろしい。もう聞きたくない。きみたちは、はやく、家へかえるんだ。こんなところに、ウロウロしてはいけない。どんな恐ろしいめにあわされるか、知れたものじゃない。かえりなさい。かえりなさい。」

小林君《こばやしくん》と、井上君《いのうえくん》は、顔《かお》を見あわせました。

「おじいさん、どうして、そんなにこわがるんです。なにか知っているんでしょう。」

おじいさんは、しきりに手をふりました。

「知らない。わしはなんにも知らない。ああ、恐ろしい。ほんとに、悪《わる》いことはいわない。はやくかえりな。ぐずぐずしていて、暗《くら》くなってきたら、たいへんだよ。かえりな、かえりな。」

ふたりは、また、顔を見あわせました。そして、目であいずをしながら、おじいさんを安心《あんしん》させるために、心にもないことをいいました。

「うん、かえるよ。じゃあ、おじいさん、さよなら。」

そして、二少年は、そのままタバコ屋《や》の前を立ちさりましたが、けっして、かえる気はありません。グルッと一まわりして、あの石の門の前に、ひきかえしました。なんとかして、このうちの中へ、しのびこもうと決心《けっしん》しているのです。

メフィスト

おじいさんには、すぐにうちへかえるように見せかけて、まわり道をして、おばけ屋敷《やしき》へ、近づいていきました。

そのとちゅうで、小林君《こばやしくん》は、*赤電話《あかでんわ》で、明智探偵事務所《あけちたんていじむしょ》をよびだし、明智先生《あけちせんせい》に、これから、あやしいおばけ屋敷を探検《たんけん》することをつたえ、その場所《ばしょ》を、くわしく知らせておいたのです。

おばけ屋敷の洋館《ようかん》の鉄《てつ》の門をおしてみますと、しまりもしてないとみえて、なんなくひらきました。ふたりはその中へしのびこんでいきました。じゃりをしいた道を、二十メートルほど進《すす》みますと、がんじょうなドアのついた、玄関《げんかん》があります。小林君たちは、そのドアを、そっとおしました。すると、これもまた、スーッと、音もなくひらいたではありませんか。

「ごめんください。」

小林君が、大きな声でどなりました。

＊このころの公衆電話。赤色が多かった

「ごめんください。」

しかし、いくらよんでも、広い家の中は、シーンとしずまりかえっていて、だれも出てきません。空《あ》き家《や》みたいな感《かん》じです。

「はいってみようか。」

「うん、そうしよう。」

ふたりは、うなずきあって、靴《くつ》をぬいで、上にあがっていきました。

玄関《げんかん》に、広いホールがあって、それから、廊下《ろうか》が、おくのほうへつづいています。ふたりは、かまわず、そこの廊下へはいっていきました。

廊下の両側《りょうがわ》には、いくつもドアがならんでいますが、みんなピッタリとしまっているのです。どれも中に人がいるようすはありません。

なおも、おくのほうへ進《すす》んでいきますと、ドアがひらきっぱなしになった、大きな部屋《へや》の前に出ました。のぞいてみると、まん中に大テーブルがすえてあって、それをかこんで、アームチェアがならべてありますが、人の姿《すがた》はありません。

「はいってみようか。」

小林君が、ささやき声でいいますと、井上君もうなずきました。

ふたりは、広い部屋にはいって、その中を、グルグル歩きまわりました。

窓《まど》には、厚いカーテンがしめきってあるので、太陽《たいよう》の光はすこしもはいりませんが、天《てん》井《じょう》からさがった、りっぱなシャンデリアに、電灯《でんとう》がついているのでこの部屋《へや》だけが、夜のような感《かん》じです。

ふたりは、アームチェアにこしかけて、顔《かお》を見あわせました。

「なんだかへんだね。夜みたいに電灯がついていて。」

「おばけが出るのかもしれないよ。」

そのときです。部屋のすみに、シューッという、みょうな音がしたかとおもうと、モヤモヤと白い煙《けむり》が立ちのぼりました。

二少年は「さては」と思って、その煙を見つめました。

白い煙は、ますますこくなって、むこうの壁《かべ》が見えなくなりましたが、しばらくすると、こんどは、煙がだんだんうすくなり、その煙のおくから、もうろうとして、人の姿《すがた》があらわれました。

四十歳《さい》ぐらいの、やせて、背《せ》の高い男です。

ツバメのようなしっぽのある黒いイブニング*1を着《き》て、メフィスト*2のような顔をしています。さきの二つにわかれたあごひげ、ピンとはねあがった口ひげ、頭《あたま》の毛は、みょうな形《かたち》に、チックでかためてあって、まるで二本のツノのように見えます。

＊1 燕尾服《えんびふく》のこと。夜のパーティーで、男性が着る　＊2 西洋悪魔

ふといまゆ毛の下に、四角なふちなしめがねがひかっています。度《ど》のつよい凸《とつ》レンズらしく、そのめがねのおくの両方《りょうほう》の目は、恐《おそ》ろしく大きく見えるのです。そして、その目には、なにかぞっとするような光がかがやいていました。

うすくなった煙《けむり》を、はらいのけるようにしながら、そのあやしい男は、ゆっくりと、こちらへ歩いてきます。

「アハハハハ……、とうとう、やってきたね。おおいに歓迎《かんげい》するよ。まあ、ゆっくりあそんでいきたまえ。」

男はひくいバスの声でそういいながら、小林君《こばやしくん》たちの向《む》こう側《がわ》のアームチェアに、ゆったりと腰《こし》をおろしました。

「じゃあ、ぼくたちのくるのを、待っていたんですか。」

小林君が相手《あいて》にまけないくらい、おちついた声でいいました。

「そうだよ。きみたちは、あのカニの目じるしにみちびかれて、ここへやってきたんだろう。え、小林君。そちらは、たしか井上君《いのうえくん》だったね。」

「あっ、ぼくたちの名前も知っているんですか。」

「そうとも、きみたちには、いろいろ、おせわになったから、お礼《れい》をしなくちゃならないと思っているんだよ。」

「あなたは、だれです。もしや……」

小林君《こばやしくん》が、身《み》がまえをして、相手《あいて》をにらみつけました。

「アハハハハ……、そうだよ。おさっしのとおり、おれは二十面相《めんそう》さ。だが、心配《しんぱい》することはない。お礼《れい》といっても、きみたちをどうこうしようというわけじゃない。おれはけっして、人をきずつけたり、殺《ころ》したりしないのだからね。

ひどいめにあわせるのではなくて、おもしろいものを見せてあげるのだ。

きみたちは、タバコ屋《や》のじいさんに、このうちがおばけ屋敷《やしき》だと聞いても、恐《こわ》がらないではいってきた。さすがは少年探偵団《しょうねんたんていだん》だよ。だから、おれが、おもしろいものを見せてやるといっても、けっして、しりごみなんかしないだろうね。」

二十面相のいうとおりです。小林君たちは、いまさら、逃《に》げだす気はありません。

「おもしろいものって、なんです。」

「アハハハハ……、いままで、きみたちの一度《ど》も見たことのないものさ。ひじょうにめずらしいものだ。さすがのきみたちも、あっとおったまげて、腰《こし》をぬかすような、ふしぎなものだ。」

「それは、どこにあるのです。」

「ここにあるんだよ。いいかい。ほらあれだ。」

メフィストの姿《すがた》をした二十面相《めんそう》は、天井《てんじょう》を見あげて、手まねきをしました。

すると、天井から、チカチカひかった、直径《ちょっけい》十センチぐらいの玉が、スーッと、テーブルの上へおりてきたのです。

玉には、ほそいひもがついていて、たぶん、機械《きかい》じかけで、天井からさがってきたのです。

玉はテーブルの上、二十センチぐらいのところでとまって、宙《ちゅう》にさがったまま、グルグルとまわっています。

小さい鏡《かがみ》を、何《なん》百個《こ》も、よせあつめたような玉で、それがシャンデリアの光をうけて、宝石《ほうせき》のようにうつくしく、キラキラひかっているのです。

「きみたちは、妖星人《ようせいじん》R《アール》なんて、おれがつくりだした、うそっぱちだと思っているだろうね。カニ怪人《かいじん》は、もう正体《しょうたい》を見あらわされて、どっかへ、消《き》えてなくなってしまったと思っているだろうね。

だが、そうきめてしまうのは、まだはやいよ。二十面相のいたずらだとわかって、世界《せかい》じゅうの人が、大笑《おおわら》いをした。しかし、あれは、ほんとうに、おれのいたずらだったのだろうか。もっとふかい意味《いみ》があったのじゃないだろうか。いまにわかるよ。いまにそのわけがわかるよ。

じゃあ、いよいよ、おもしろいものを見せてやる。いいかい。きみたちふたりとも、ここにさがっている、ひかる玉を見つめるのだ。ジーッといつまでも見つめているのだ。」

メフィストの二十面相《めんそう》は、にやにやとうすきみ悪《わる》い笑《わら》いをうかべながら、まるで音楽《おんがく》のコンダクターのように、両手《りょうて》をあげて、それをしずかにゆり動《うご》かすのでした。

小林君《こばやしくん》と井上君《いのうえくん》は、いわれるままに、ひかる玉を見つめていました。

どこからか、ひくいピアノの音がしずかに聞こえてきました。ねむくなるようなリズムです。

ふたりの目は、ひかる玉に、くぎづけになっていますけれど、その向《む》こう側《がわ》に、メフィストの両方《りょうほう》の手が、ゆるやかに、あがったり、さがったりするのが見えています。

なんともいえないへんな気持ちになってきました。

ひかる玉が頭《あたま》のしんまで、とびこんでくるような感《かん》じです。そして、頭の中が、ギラギラする光でいっぱいになり、ほかのものは、なんにも見えなくなってしまいました。

青黒い液体《えきたい》

「さあ、おもしろいものを、見せてやるから、こちらへきたまえ。」

その声に、ふっと目がさめたように、相手《あいて》の姿《すがた》をさがしました。いままで、なにも見えなかった目の前に、二十面相《めんそう》のメフィストが立っているのです。

夢《ゆめ》を見ているような気持ちで、時間のたつのもわからなかったのですが、たぶん、三十分ほどじっとしていたのでしょう。見ると、さっきのひかる玉はどこへいったのか、影《かげ》も形《かたち》もありません。また、もとの天井《てんじょう》へひきあげられてしまったのか、それとも、ひょっとしたら小林君《こばやしくん》たちの頭の中へとびこんで、消《き》えてしまったのかもしれません。

ふたりの少年は、メフィストにうながされて、立ちあがりました。

「三階《がい》の屋根《やね》の上だよ。そこに、おれの天文台《てんもんだい》があるのだ。その天体望遠鏡《てんたいぼうえんきょう》を、のぞきにいくのだよ。」

二十面相は、部屋《へや》を出ると、ツバメのようなイブニングのしっぽを、ヒラヒラさせながら、階段《かいだん》をあがっていきました。二少年も、そのあとにつづきます。

二階から三階、そして屋上《おくじょう》に出ますと、大望遠鏡《だいぼうえんきょう》のまるいドームが、そびえていました。

「へんだな。外から見たときには屋根の上に、こんなまるいものなんかなかったのに。」

小林君はそう思って、井上君《いのうえくん》の顔《かお》を見ました。すると、井上君も「ふしぎだな」という目つきで、小林君を見かえすのでした。

「さあ、ここをのぞいてごらん。昼間だから肉眼《にくがん》では見えないが、望遠鏡はR《アール》すい星《せい》にあわせてある。あのネジネジの、しっぽを持ったすい星《せい》が、レンズいっぱいに、ひろがっているんだよ。」

メフィストのさしずにしたがって、小林君《こばやしくん》がまず、それをのぞきこみました。

なるほど、望遠鏡《ぼうえんきょう》いっぱいのR《アール》すい星《せい》です。赤いしっぽが、グルグルまわっています。すい星の頭《あたま》の、まるいところは、無数《むすう》の小さいつぶがあつまってできているので、地球《ちきゅう》や月のような天体《てんたい》とはちがうのですが、いくら度《ど》のつよい望遠鏡でも、そこまではわかりません。

しかし、あれはなんでしょう。そのつぶつぶが、とびだしてきたのではないでしょうか。ごらんなさい。小さな黒いほこりのようなつぶが、すい星の頭をはなれて、こちらへ、とんでくるではありませんか。

ひじょうな速《はや》さとみえて、そのつぶつぶは、みるみる大きくなってきます。一つ、二つ、三つ、……五つ、……七つ、あっ、十一もあります。十一の黒いつぶが、すい星をはなれて、こちらへとんでくるのです。

もうつぶつぶではありません。なにかひらべったい、まるいものです。それがだんだん大きくなってきます。

あっ、空飛《そらと》ぶ円盤《えんばん》とそっくりです。グルグルまわりながら、地球をめがけて、とんでくるのです。

「たいへんです。R《アール》すい星《せい》から、円盤《えんばん》がとんでくるのです。」

「そう、それを、きみたちに見せたかったのだよ。井上君《いのうえくん》も、かわって、のぞいてごらん。」

こんどは井上少年《いのうえしょうねん》が、のぞく番でした。

円盤は、もう、すぐ目の前を、とんでいるように見えました。おさらのような、うすべったい円盤が、十一個、さきをあらそって、近づいてくるのです。つぶつぶのときには、黒く見えましたが、いまはねずみ色です。

その円盤が、望遠鏡《ぼうえんきょう》のレンズいっぱいにひろがりました。いまにも望遠鏡にぶっつかりそうな気がします。

「きみたち、妖星人《ようせいじん》が地球《ちきゅう》へやってくるのがわかっただろう。カニ怪人《かいじん》は、二十面相《めんそう》のいたずらときめられてしまったが、こうして望遠鏡をのぞいてみると、そうでないことがわかるのだよ。やつらは、毎日毎日、とんでくるのだ。いまに地球は妖星人に占領《せんりょう》されてしまうだろうよ。」

井上君《いのうえくん》は、円盤がすぐ目の前に近づいてくるので、こわくなって、望遠鏡から目をはなし、肉眼《にくがん》で空をながめました。

しかし空には、なにもありません。望遠鏡《ぼうえんきょう》では近くに見えても、ほんとうは、肉眼《にくがん》では見えないほど、遠い遠いところを、とんでいるのでしょう。

「あの円盤《えんばん》は、どこへ着陸《ちゃくりく》するつもりでしょう。」

井上君《いのうえくん》が、メフィストにたずねました。

「陸《りく》ではなくて、海の中かもしれない。さいしょのやつが、やっぱり海だったからね。あの円盤は潜航艇《せんこうてい》のように、海の底《そこ》を走ることができるんだよ。」

小林君《こばやしくん》は、もう一度《ど》、望遠鏡をのぞきましたが、のぞいたかとおもうと「あっ」と叫《さけ》んで、目をはなしてしまいました。円盤があまりに近くをとんでいるので、いまにも、自分の顔《かお》にぶっつかりそうだったからです。

「さあ、それじゃあ、下へおりよう。まだまだ、きみたちに見せるものがあるんだよ。」

メフィストは、そういって、さきに立って、階段《かいだん》をおりました。二少年も、夢見《ゆめみ》ごこちで、そのあとにしたがいます。

一階《かい》までおりて、さっきとはちがった、広い部屋《へや》にはいりました。

ここは、窓《まど》のカーテンが、すっかりひらいていますが、もう夕方なのと、窓の外に、木がしげっているのとで、部屋の中は、うす暗《ぐら》くなっていました。

メフィストの二十面相《めんそう》は、その部屋のまん中に立って、しばらく、じっとしていましたが、ふっと、なにかに気づいたようで、首をかしげて、耳をすましました。

すると、二十面相《めんそう》の顔《かお》が、びっくりするほど、かわってきました。四角なふちなしめがねの中の目玉《めだま》が、ただでさえ大きいのに、それが、倍《ばい》も大きくなって、いまにもとびだしそうです。顔色《かおいろ》は、まっ青《さお》になっています。

その部屋《へや》には、二つドアがあって、いま、みんなのはいってきたドアとはべつの側《がわ》に、もう一つのドアが、しまっています。

二十面相は、しのび足で、そのドアに近づくと、板《いた》に耳をあてて、向《む》こう側《がわ》のもの音を、聞きとろうとしました。

四角なめがねの中の大きな目は、ひらきっきりで、まばたきもせず、なにかに、ひどくおびえているのです。二十面相ともあろうものが、こんなにビクビクするのは、どうしたことでしょう。

二十面相は、立ち聞きするだけでは、がまんができなくなったとみえて、ドアのとってをまわして、ほそめにひらき、外をのぞきました。

あっ、しまった、というようすで、ひらいたドアを、しめようとしましたが、もう、まにあいません。

ドアのむこうから、青黒い液体《えきたい》が、津波《つなみ》のように流《なが》れこんできて、二十面相が、力まかせにドアをおしても、もうしめることができません。液体《えきたい》の流《なが》れこむ力が強いからです。

ドアは、みるみる大きくひらいて、そこから、液体がドッとおしよせてきました。

二十面相《めんそう》は、ドアから手をはなして、逃《に》げようとしましたが、液体は、もう彼《かれ》の足をひたしていました。ネバネバとねばりつく液体のようで、そこから足をぬくことができないのです。

液体は二十面相のズボンを、腰《こし》のほうへと、はいあがっています。液体が上に流れるのはへんですが、まるでナメクジかなんぞのように、ズボンを上へ上へと、のぼっていくのです。

二十面相の腰から下は、もう液体のために、つつまれてしまいました。

しかし、液体は、それで、はいあがるのをやめたわけではありません。ズボンから、こんどは、上着《うわぎ》へとのぼっていきます。

「あっ、あれカニだよ。小さなカニがウジャウジャいて、液体のように見えるんだよ。何千、何万というカニのかたまりだよ。」

井上君が、それに気づいて、叫《さけ》びました。

このあいだまでカニ怪人《かいじん》であった二十面相は、自分のあらわれるまえぶれに、小さいカニをたくさん、そのへんに、はわせたものですが、その二十面相が、このカニの群《む》れを、あんなに恐《おそ》れたのは、なぜでしょう。カニどもは、いま、主人《しゅじん》に復讐《ふくしゅう》しようとしているのでしょうか。

「ワーッ、たすけてくれえ。」

二十面相《めんそう》が、悲鳴《ひめい》をあげました。

見ると、カニどもは、もう肩《かた》まで、はいあがっています。二十面相は、それをふりはらおうとするのですが、ふりはらっても、ふりはらっても、カニは、しゅうねんぶかく、のぼってくるのです。

もう、首から顔《かお》まで、のぼりついてきました。顔じゅうカニでいっぱいになりました。青黒い、ウジャウジャした、いやらしい顔にかわりました。

「ああ、もうだめだ。小林君《こばやしくん》、井上君《いのうえくん》、おれはもうだめだ。あとは、きみたちだけで、見てくれ。まだおもしろいものが、たくさんあるんだ。きみたちが、見たことも、聞いたこともないような、恐《おそ》ろしいものが、待っているのだ。

ああ、カニのやつ、あわをふきだした。このあわで、おれはとかされてしまうんだ。いや、こっちへ、近よるんじゃない。おれはもう、どうしたって、たすからないのだ。あ、あ、おれは、もうだめだっ。」

全身《ぜんしん》をカニの群《む》れにおおわれて、二十面相の姿《すがた》は、もう見えません。やがて、カニどもが、あわをふきはじめました。ひざをついて、くるしんでいる二十面相《めんそう》の形《かたち》は、いちめんの白いあわに、つつまれてしまいました。

それから、恐《おそ》ろしいことがおこったのです。カニにおおわれた二十面相の姿《すがた》が、とけるように、だんだん小さくなっていくではありませんか。やがて、クナクナと、くずれるように、ひらべったくなり、あっとおもうまに、もうなにもなくなってしまいました。あとには、カニの群《む》ればかりが、ドロドロの青黒い液体《えきたい》となって、床《ゆか》いちめんにしずかに流《なが》れているのでした。

おばけガニ

小林少年《こばやししょうねん》と井上君《いのうえくん》は、それを見て、ゾーッと、全身《ぜんしん》のうぶ毛がさかだつような気がしました。

「あっ、いけないっ、こちらへやってくるっ。」

井上君が叫《さけ》びました。

青黒い液体が、怪物《かいぶつ》の舌《した》のように、ズーッと、こちらへのびてくるのです。親指《おやゆび》のつめぐらいの小さなカニが、何千何万とあつまって、ゴソゴソと、こちらへはってくるのが、まるで液体《えきたい》のように見えるのです。

二少年は、いきなり、その部屋《へや》から逃《に》げだし、ドアをしめて、ひらかないように、おさえました。

青黒い液体は、津波《つなみ》のように、ドアの向《む》こう側《がわ》にぶっつかってきました。ドアがグーッと、弓《ゆみ》のようにしないます。恐《おそ》ろしい力です。

「あっ、ごらん、ドアの下から流《なが》れだしてくる。」

井上君《いのうえくん》が、また叫《さけ》びました。

ドアの下に一センチほどのすきまがあります。小さなカニどもは、そのすきまから、こちらへ、はいこんでくるのです。

青黒い液体が、ドロドロと流れてくるような感《かん》じです。

二少年は、「ワッ」と叫んで、逃げだしました。むちゅうで、廊下《ろうか》を走っていきますと、ドアのひらいた部屋がありましたので、その中へとびこんで、ドアをピッタリしめました。

青黒い液体が、ここまで流れてくるのには、時間がかかるでしょう。もし、流れてきたら、窓《まど》から庭《にわ》へとびだすつもりです。

その部屋には、旧式《きゅうしき》なおしあげ窓が三つあって、そのまん中の窓が、ひらいていました。

「おやっ、あれなんだろう。」

小林君《こばやしくん》が、その窓《まど》を指《ゆび》さしました。

ごらんなさい。大きな木の幹《みき》のようなものが、ひらいた窓から、はいってくるのです。青黒いスベスベした木の幹です。さきが二つにわれて、ゆっくり、ひらいたり、とじたりしています。

「ワーッ、あれ、はさみだよ。カニのはさみだよ。」

井上君《いのうえくん》が叫《さけ》びました。

しかし、そんな大きなカニがいるのでしょうか。木の幹のような巨大《きょだい》なはさみを持ったカニなんて、考えることもできません。

ふたりは、石にでもなったように、身動《みうご》きもしないで、手をとりあって、それを見つめていました。

巨大なカニのはさみは、グングンのびて、窓の中へはいっていきました。あっ、カニの目です。はさみのうしろから、とびだしたカニの目玉《めだま》が、あらわれたのです。フットボールの球《たま》ぐらいのでっかい目玉です。それが、グリッ、グリッとまわって、こちらをにらみつけています。

それから、青黒いカニのこうら、その下にきみの悪《わる》い口、口からブクブクと、あわをふいています。人間の十倍《ばい》もあるカニです。カニのおばけです。

おばけガニは、窓《まど》からはいろうとしましたが、からだが大きいので、はいれません。

それでも、からだを横《よこ》にして、むりにおしいろうとしましたので、おしあげ窓の上のほうのガラス戸が、恐《おそ》ろしい音をたててこわれ、ガラスがこなごなになって、とびちりました。

二本の大木《たいぼく》のようなはさみが、ヌーッとこちらへ、のびてきました。そして、いまにも二少年をはさもうとするのです。フットボールの球《たま》のような、とびだした目玉《めだま》が、じっと、こちらをにらみつけています。

「ワーッ、たすけてくれえ……。」

二少年は、悲鳴《ひめい》をあげて、廊下《ろうか》へとびだしました。そして、もとの部屋《へや》のほうへ、五、六歩《ぽ》、かけだしたのですが、ふと、むこうを見ると、おもわず棒立《ぼうだ》ちになってしまいました。

ごらんなさい。むこうからも、敵《てき》がおしよせてくるのです。あの青黒い液体《えきたい》が、廊下いっぱいにひろがって、津波《つなみ》のように、こちらへ流《なが》れてくるのです。

「ワーッ。」

ふたりは、もう一度《ど》、悲鳴をあげました。そして、いきなり、反対《はんたい》のほうへ逃《に》げだしたのです。

しかし、そこには、あの部屋《へや》があります。巨大《きょだい》なカニが、窓《まど》の戸をやぶってはいってきた、あの恐《おそ》ろしい部屋があるのです。

二少年は、いま、その部屋のドアの前を走っていました。すると、そのドアがパッとひらいて、あの大木《たいぼく》のようなカニのはさみが、ニューッと、とびだしてきたではありませんか。

二少年は「ワッ」と叫《さけ》んで、身《み》をかわしました。いまにも、はさまれそうになるのを、やっと、のがれることができたのです。

ふたりは、うす暗《ぐら》い廊下《ろうか》を、めちゃくちゃに走りました。あとから、あいつが、おっかけてくるからです。青黒い液体《えきたい》のほうは、そんなに速《はや》くありませんが、人間の十倍《ばい》もある大ガニは、恐《おそ》ろしく速いのです。

ふりかえると、おばけガニは、廊下いっぱいになって、恐ろしい八本の足で、バリバリ音をたてて、フットボールの球《たま》のような目を、クルクルさせながら、おっかけてくるのです。

「ワー……」

ふたりは、無我夢中《むがむちゅう》で、走りました。

井上君《いのうえくん》が、なにかにつまずいて、ころんだのです。おばけガニは、すぐうしろから、せまってきます。あっ、でっかいはさみが、井上君の足におそいかかりました。

小林少年《こばやししょうねん》が、あともどりして、井上君の手をひっぱって、ひきおこしました。しかし、そのとき、大ガニのはさみは、井上君のズボンをはさんでいたので、井上君は、またころびました。見ると、フットボールの球《たま》のような目玉《めだま》が、すぐそばにありました。ぶきみな口があわをふいて、にやにや笑《わら》っているように見えます。

井上君は、死《し》にものぐるいで、足をバタバタやりました。はさまれたズボンが、べりべりとさけて、やっと、はさみからのがれることができました。

小林君《こばやしくん》にたすけられて、立ちあがると、また、めちゃくちゃに走りました。どこをどう走ったのか、まるでおぼえがありません。

いつのまにか、建物《たてもの》をはなれて、広い原っぱに出ていました。

「おやっ、こんなところに、こんな広い原っぱがあったのかしら。」

二少年は、ふしぎそうな顔《かお》で、あたりを見まわしました。

妖星人《ようせいじん》の林

「ワーッ、小林団長《こばやしだんちょう》っ。」

「ワーッ、井上君《いのうえくん》。」

気がつくと、原っぱのむこうから、おおぜいの少年が、こちらへかけてくるのが見えました。みんな少年探偵団員《しょうねんたんていだんいん》です。ポケット小僧《こぞう》もいます。ノロちゃんの野呂一平君《のろいっぺいくん》もいます。かぞえてみると、十三人です。それに小林、井上の二少年をくわえると十五人になります。十五少年が、せいぞろいをしたのです。

「きみたち、どうして、こんなところにいるんだい。」

小林君《こばやしくん》がたずねますと、中学一年の木村《きむら》という少年がこたえました。

「小林さんが、電話で、みんなをよびあつめたんじゃないか。それで、ぼくたち、あのおばけ屋敷《やしき》の洋館《ようかん》へ、やってきたんだよ。すると、へんなおじさんがいて、キラキラひかる鏡《かがみ》の玉《たま》が、天井《てんじょう》からさがってきて、ぼくたち、ねむくなってしまった。

そして、ハッと気がつくと、いつのまにか、この原っぱへきていたんだよ。なんだか、夢《ゆめ》を見てるような気持ちだよ。」

小林少年《こばやししょうねん》は、電話なんかかけたおぼえはありません。これも二十面相《めんそう》のしわざにちがいないのです。二十面相はなんでも知っています。小林君《こばやしくん》の声をまねて、電話で、おもな団《だん》員《いん》をよびあつめたのかもしれません。

小林君は、それよりも、おばけガニのことが気になるので、うしろをふりかえってみました。

すると、ふしぎ、ふしぎ、うしろは、いちめんの原っぱで、あの洋館《ようかん》は、影《かげ》も形《かたち》もなくなっていたではありませんか。

ほんとうに、夢《ゆめ》を見ているような気持ちです。そういえば、空も、原っぱも、いちめんに、うす暗《ぐら》く、なまり色で、夢の中のけしきのようです。

少年たちは、小林団長《こばやしだんちょう》をかこんで、ひとかたまりになって立っていましたが、ポケット小僧《こぞう》が、空を指《ゆび》さして、とんきょうな声で叫《さけ》びました。

「あれ、あれ、なんだか、たくさん、ふってくるよ。」

みんなが、空を見あげました。

小さな、灰色《はいいろ》のまるいものが、かずかぎりもなく、ふってくるのです。

小林君たちが、さっきのぞいた天体望遠鏡《てんたいぼうえんきょう》の中のけしきと、そっくりでした。空飛《そらと》ぶ円《えん》盤《ばん》が地球《ちきゅう》に近づいてくるのです。さっきは望遠鏡でしか見えなかったのが、もう肉眼《にくがん》で見えるようになったのです。

円盤《えんばん》はひじょうな速《はや》さで、近づいてきます。みるみる、形《かたち》が大きくなってくるのです。一つ、二、三つ、四つ……十一、十二、十三、十四……二十一、二十二……、かぞえきれないほどです。はっきり見えるだけでも百以上《いじょう》あります。そのあとから、ほこりのように小さく見えるのが、かぎりもなくふってくるのです。

やっぱりR《アール》すい星《せい》には、生きものがすんでいたのでしょうか。いくら二十面相《めんそう》が魔法使《まほうつか》いだからといって、こんなに空から円盤をふらせることはできないでしょう。すると、妖《よう》星人R《せいじんアール》は、二十面相のでっちあげたものではないのかもしれません。

いちばん近い円盤は、おさらほどの大きさに見えています。はじめは、灰色《はいいろ》だったのが、いまは青黒い色です。

「あらっ、あの円盤には足があるよ。」

ノロちゃんの声でした。

なるほど、足があります。八本の足があります。それから、大きな二本のはさみが。カニです。でっかいカニが、空からふってくるのです。かぞえきれない、足のある円盤が、ふってくるのです。だんだん大きくなってきました。もうマンホールのふたぐらいの大きさです。あのきみの悪《わる》い、白っぽいカニの腹《はら》が、ハッキリ見えます。

カニの円盤《えんばん》はグングン大きくなってきました。大きなはさみと、八本の足をモガモガやりながらおりてきます。

さしわたし三メートルほどに見えます。たちまち、四メートル、五メートル……七メートル、八メートル、恐《おそ》ろしくでっかい、おばけガニです。そして、十メートルほどにふくれあがったとき、さいしょのカニ円盤は、原っぱに着陸《ちゃくりく》していました。少年たちから百メートルはなれたところです。

つぎつぎと着陸します。十、二十、三十、もうかぞえきれません。広い原っぱが、巨大《きょだい》なカニ円盤でいっぱいになってしまいました。

それらのおばけガニが、大きなはさみをおったて、八本の足をモガモガと動《うご》かしているありさまは、じつに、なんともいえない恐《おそ》ろしさです。

いちばん近くのカニ円盤の背中《せなか》の上で、なにか動いているものがあります。あっ、怪人《かいじん》二十面相《めんそう》です。さっき、小ガニの群《む》れにうずめられて、消《き》えてしまったと思った二十面相が、いつのまにか、カニ円盤の背中にのぼっていたのです。あのいやらしいメフィストの姿《すがた》です。

「ワハハハハ……、少年探偵団《しょうねんたんていだん》の諸君《しょくん》、どうだ、おどろいたか。R《アール》すい星《せい》から、地球《ちきゅう》せいばつにやってきたのだ。おれはRすい星の大統領《だいとうりょう》だ。いま、きみたちに、おれのなかまを

見せてやろう。ピン、パン、ポン、ピン、パン、ポン……」

原っぱにひびきわたるような、恐《おそ》ろしい声でした。

すると、たいへんなことがおこりました。ひとつのカニ円盤《えんばん》に三人ずつのカニ怪人《かいじん》があらわれて、円盤の背中《せなか》に立ったのです。たぶん、カニ円盤のおなかがわれて、そこから、はいだしてきたのでしょう。円盤はまだ、ふりつづいています。原っぱに着陸《ちゃくりく》したのだけでも、二百以上《いじょう》です。その背中に、三人ずつのカニ怪人が立ったのですから、カニ怪人の林のようです。カニ怪人の大軍団《だいぐんだん》です。

みにくい姿《すがた》のカニ怪人です。みなさんよく知っているカニ怪人です。カニのこうらのような頭《あたま》、二本の触手《しょくしゅ》、自動車《じどうしゃ》のヘッドライトのような二つの目、鉄《てつ》のよろいを着《き》たからだ、鉄のはさみのついた腕《うで》、あの妖星人《ようせいじん》R《アール》です。

「ワハハハ……、どうだ、おどろいたか。きみたちが、びっくりして、ポカンと口をあいている顔《かお》を見ると、おれはゆかいでたまらないぞ。ワハハハ……。だが、これでおしまいじゃない。まだまだおもしろいものを見せてやるのだ。いいか、そらっ。」

メフィストの二十面相《めんそう》が、両手《りょうて》を高くあげて、頭の上で、グルグルとまわしました。

すると、思いもよらぬ、恐ろしいことがおこったのです。

まだふりつづいていたカニ円盤《えんばん》が、つぎつぎと、少年たちの頭《あたま》の上へおりてきました。いやらしいすじのある、あの白っぽい腹《はら》を見せて……。

さいしょにねらわれたのは、井上少年《いのうえしょうねん》です。円盤《えんばん》がグーッと頭の上に、せまってきたので、びっくりして逃《に》げだしましたが、円盤は、逃げるほうへ逃げるほうへと、ついてくるのです。

そして、あの大木《たいぼく》のような二本のはさみが下へのびて、井上君《いのうえくん》の両方《りょうほう》の腕《うで》を、はさみこんでしまいました。そして、こんどは、ぎゃくに空へと、まいあがっていきます。井上君《いのうえくん》はカニのはさみにはさまれたまま、高く高く、天にのぼっていくのです。

同じことが十五人の少年たちに、つぎつぎとおこりました。ワシがあかんぼうをさらうように、カニ円盤がスーッとおりてきては、少年をはさんで、空へのぼっていくのです。十五のカニ円盤が、ひとりずつ少年をぶらさげて、とびあがっていくのです。

飛行機《ひこうき》やヘリコプターに乗《の》っているのとはちがいます。大きなカニのはさみにはさまれて、ぶらさがっているのですから、いつおとされるかわかりません。おとされたら、命《いのち》はないのです。

小林少年《こばやししょうねん》は、カニ円盤《えんばん》にぶらさがったまま、考えました。

「どうも、ふしぎだ。ほんとうかしら。夢《ゆめ》を見ているんじゃないかしら。」

そうです。恐《おそ》ろしい夢に、うなされているような気持ちです。頭《あたま》がボンヤリしています。すべてが、かすみをとおして見るような感《かん》じです。

小林君《こばやしくん》は、気力《きりょく》をふるいおこして、頭をはっきりさせようとしました。夢をさまそうとしました。しかし、どうしてもかすみがとれません。自分の心が、なにか、恐ろしい力で、思わぬ方角《ほうがく》へむけられているような気がします。

ふと気がつくと、あたりはまっ暗《くら》になっていました。日がくれるにしては、まだはやいし、こんなにきゅうに暗くなるはずがありません。

暗くても、自分の上や下に、ひとりずつ少年をぶらさげた、十五のカニ円盤がとんでいるのはよく見えます。おちついた少年は、宙《ちゅう》にぶらさげられても、じっとしていますが、おくびょうな少年は、泣《な》きさけびながら、もがいています。もがけば、かえってあぶないのですが、そんなことを考えるよゆうもないのでしょう。いちばん大きな声で泣きさけんでいるのは、野呂一平君《のろいっぺいくん》のノロちゃんでした。

下を見ると、まっ暗で、おくそこが知れず、どのくらい高くとんでいるのか、見当《けんとう》もつきません。ふつうなら、どんな夜中《よなか》でも、町の灯《ひ》が見えるはずですが、一つの灯も見えません。それほど高くのぼってしまったのでしょうか。

「ワハハハハ……。」

あの、聞きおぼえのある二十面相《めんそう》の声が、どこからか、ひびいてきました。

「ワハハハハ……、どうだ、こわいか。さすがの少年探偵団《しょうねんたんていだん》も、こうなったら、いくじがないね。きみたちが、さんざんおれのじゃまをしたお礼《れい》だ。わかったか。いまに、もっと恐《おそ》ろしいことがおこるぞ。」

そして、たちまち、その恐ろしいことがおこったのです。

小林君《こばやしくん》の両方《りょうほう》の腕《うで》をはさんでいたカニのはさみが、パッとひらき、小林君のからだは、まっ暗《くら》な空中《くうちゅう》を、サーッと下へおちていきました。

おくそこの知れないふかさです。はじめはまっすぐにおちていましたが、いつのまにか、おもい頭《あたま》のほうが下になり、まっさかさまについらくしていくのです。

そんな中でも、あたりの空中を見まわすと、十五人の少年たちが、ぜんぶおちてくるのがわかりました。みんな、まっさかさまです。風をきって、おちてゆきます。ノロちゃんの泣《な》きさけぶ声が、空中に尾をひいて、下へ下へとおちていくのです。

おちる速度《そくど》は、みるみる速《はや》くなっていきます。ヒューッ、ヒューッと、風を切る音が、耳をかすめます。しかし、いつまでおちても、下へつかないのです。地面《じめん》にぶっつかったら、死《し》んでしまうにきまっていますが、そのときが、いつまでたってもこないのです。速《そく》度《ど》はいよいよ速《はや》くなりました。もう人間の力では、たえられないほどの速さです。さすがの小林君《こばやしくん》も、とうとう気をうしなってしまいました。ほかの少年たちは、もっとはやく気をうしなっていました。十五少年は、失神《しっしん》したまま、まっ暗《くら》な空間《くうかん》を、いつまでも下へ下へとおちていくのでした。

それからどのくらいたったかわかりません。小林君は、ふっと目をひらきました。

もう風を切る音は聞こえません。シーンとしずまりかえっています。ここは原っぱでなくて、広い部屋《へや》の中のようです。うす暗《ぐら》い電灯《でんとう》の光で、そばにおおぜいの少年たちが、ゴロゴロころがっているのが見えます。みんな、まだ気をうしなったままなのでしょう。

部屋の中に一か所、スポットライトをあてたように、まぶしいほど明るいところがありました。

「あっ、明智先生《あけちせんせい》っ。」

そうです。そこに名探偵明智小五郎《めいたんていあけちこごろう》が立っていたのです。それにむかいあって立っているのは、メフィスト姿《すがた》の怪人《かいじん》二十面相《めんそう》でした。ああ、巨人《きょじん》と怪人は、五十センチの近さで、顔《かお》と顔とむきあわせて、じっとにらみあっていたのです。

二十面相《めんそう》の四角いめがねのおくの目は、とびだすほど見ひらかれています。そして、彼《かれ》のひたいからは、タラタラと汗《あせ》が流《なが》れているのです。

明智探偵《あけちたんてい》の目も、恐《おそ》ろしい光をはなって、二十面相をにらみつけていました。探偵の顔《かお》には、汗は流れていません。

大《だい》闘《とう》争《そう》

「あっ、先生が、ぼくたちを、たすけにきてくださったのだっ。」

小林君は、すぐにそこに気がつきました。さっき、赤電話《あかでんわ》で、先生に、このおばけ屋敷《やしき》をしらべると、報告《ほうこく》しておいたからです。

明智探偵と二十面相は、ひとことも、ものをいわないで、いつまでも、にらみあっていました。

ふたりとも、なんという恐ろしい目をしているのでしょう。まるで、相手《あいて》を、にらみ殺《ころ》そうとしているようです。

ことに明智探偵の目は、まばたきもせず、ランランとかがやいて、そこから、いなびかりのようなものが、相手の顔をめがけて、とびだしていくように見えました。

二十面相《めんそう》の顔《かお》は、まっ赤《か》になり、汗《あせ》びっしょりです。いまにも明智《あけち》に、にらみたおされそうになるのを、ひっしになって、がんばっているのです。

すると、恐《おそ》ろしいことがおこりました。二十面相の魔法《まほう》の力で、あのでっかいおばけガニが、もうろうと、姿《すがた》をあらわしてきたのです。一ぴき、二ひき、三びき、四ひき、五ひき、おお、ごらんなさい。あの人間の何倍《なんばい》もある大ガニが、五ひきあらわれて、巨大《きょだい》なはさみを、ひらいたり、とじたりしながら、明智探偵《あけちたんてい》のほうへ、ジリジリと近づいていくではありませんか。

「ウハハハハハ、どうだ、明智先生《あけちせんせい》、おれの魔法《まほう》がわかったか。いまにきみは、カニに食《く》われてしまうのだぞ。」

メフィストの二十面相が、おばけガニのうしろから、ぶきみな声であざ笑《わら》いました。

すると、どうでしょう。こんどは、明智探偵が魔法をつかったのです。

立っている明智のからだから、スーッと、もうひとりの明智がわかれて、そのとなりに立ちました。

それから、また、もうひとり、また、もうひとり、と、つぎつぎにほんとうの明智探偵のほかに、五人の明智が、そこにならんだのです。

「ワハハハハハ、魔法をつかうのは、きみばかりじゃないよ。ほら、これを見たまえ。」

明智《あけち》の声がひびきわたると、五人の明智が、サッと、五ひきの大ガニに、とびかかっていきました。

カニと人間との大格闘《だいかくとう》です。すさまじい争《あらそ》いです。大ガニは、二本のはさみをふりたてて、メチャメチャにもがきまわりました。

五人の明智は、そのはさみを、両腕《りょううで》でグッとだきしめて、恐《おそ》ろしい力で、カニどもをその場にねじりたおすのでした。

うしろにつっ立って、それを見ている明智探偵《あけちたんてい》の顔《かお》にも、汗《あせ》が流《なが》れてきました。しかし、あのするどい目は、やっぱり、またたきもせず、メフィストの二十面相《めんそう》をにらみつけています。明智の両眼《りょうがん》から、電気の火花《ひばな》が、とびだしているようです。

二十面相の、汗にぬれた顔は、もう、紫色《むらさきいろ》です。目も口も、くるしさにひんまがっています。二十面相はまけたのです。明智探偵の目の光にまけたのです。

五ひきの大ガニは、五人の明智のために、みんな、くみふせられてしまいました。カニどもは八本の足をモガモガやって、くるしんでいましたが、やがて、ふしぎなことに、そのでっかいカニたちの姿《すがた》が、だんだん、ボーッとうすくなっていって、いつのまにか消《き》えてしまいました。

カニをせいばつしてしまった五人の明智は、こんどは、メフィストの二十面相のまわりを、グルッととりまいて立ちはだかりました。

「ワアアアア……。」

二十面相《めんそう》が恐《おそ》ろしい叫《さけ》び声《ごえ》をたてました。そして、クルッとむこうをむくと、いきなり、死《し》にものぐるいで、逃《に》げだしたのです。

五人の明智《あけち》は、影《かげ》のように、そのあとをおって、むこうへ消《き》えていきました。

「先生っ。」

小林少年《こばやししょうねん》が、叫《さけ》びながら、明智探偵《あけちたんてい》のそばにかけよりました。

「おお、小林君《こばやしくん》。きみたちは、みんな、二十面相の催眠術《さいみんじゅつ》にかかっていたのだ。ぼくは、きみたちをたすけにきた。そして、二十面相と催眠術くらべをやって、勝《か》ったのだ。さあ、あいつをおっかけよう。きみたちも、いっしょにきたまえ。」

そういって、明智探偵は、二十面相の逃げたほうへ走りだしました。

十五人の少年は、いままで、催眠術をかけられていたのですが、明智が二十面相の術《じゅつ》をやぶってしまったので、夢《ゆめ》からさめたように正気《しょうき》にかえりました。

天体望遠鏡《てんたいぼうえんきょう》にうつった空飛《そらと》ぶ円盤《えんばん》も、小さいカニが液体《えきたい》のようにおしよせてきたのも、窓《まど》から大ガニがはいってきたのも、空からカニの大群《たいぐん》がふってきたのも、みんな催眠術で見せられたまぼろしにすぎなかったのです。

二十面相《めんそう》の味方《みかた》をした五ひきの大ガニも、明智探偵《あけちたんてい》のからだからわかれて出た五人の明智も、ふたりの恐《おそ》ろしい心のあらそいをしめす、まぼろしでした。少年たちが、まだ催眠《さいみん》術《じゅつ》からさめきっていなかったので、そんなまぼろしが見えたのです。それにしても十五人の少年に、一度に催眠術をかけるとは、二十面相はよほどの名人ですが、わが明智探偵はさらに、それ以上《いじょう》の名人だったのです。さすがの小林少年《こばやししょうねん》も、明智先生《あけちせんせい》がこれほどの催眠《さいみん》術師《じゅつし》とは、すこしも知りませんでした。

たいまつの火

明智探偵と少年たちは、二十面相をおって、廊下《ろうか》を走りました。

廊下は一本道です。二十面相は、つきあたりの部屋《へや》に逃《に》げこみました。そのうしろ姿《すがた》が見えたのです。

しかし、その部屋にはいってみると、だれもいません。三つある窓《まど》はしまったままで、中からかけがねがかかっています。二十面相は消《き》えてしまったのでしょうか。

明智探偵が、壁《かべ》にあるかくしボタンをさがして、それをおしました。

すると、ガタンと音がして、床《ゆか》に一メートル四方《しほう》ほどの穴《あな》があいたではありませんか。

地下室《ちかしつ》への入り口です。

それを見ると、明智《あけち》が少年たちに、さしずしました。

「地下室へは小林君《こばやしくん》と、井上君《いのうえくん》だけにして、あとの諸君《しょくん》は、庭《にわ》に出て、待っていてくれたまえ。二十面相の最後《さいご》の切《き》り札《ふだ》は、庭にかくしてあるんだ。ぼくも、それにたいして用意《ようい》がしてある。ぼくは小林君の電話を聞くと、まもなく、車の中に大きな道具《どうぐ》をつんで、ここにやってきた。それが、どんな道具だかは、いまにわかる。

また、警視庁《けいしちょう》の中村警部《なかむらけいぶ》とも、連絡《れんらく》がしてあり、やがて、パトカーも、ここへやってくるはずだ。すこしも、こわいことはないのだよ。」

明智の命令《めいれい》にしたがって、十三人の少年探偵団員《しょうねんたんていだんいん》は、広い庭《にわ》へ出ていきました。もう夜の九時ごろです。このまっ暗《くら》な庭に、いったいどんな切り札がかくしてあるというのでしょう。

明智探偵《あけちたんてい》と小林、井上の二少年は、床《ゆか》の穴《あな》から、地下室へおりていきました。いくつも部屋《へや》のある、広い地下室です。

明智は強い光の懐中電灯《かいちゅうでんとう》を用意していました。それをふりてらしながら進《すす》んでいきますと、みょうな部屋に、はいりました。

その部屋には、洋服屋《ようふくや》のショーウインドーにあるような男や女の人形《にんぎょう》が、ウジャウジャと立っているのです。はだかではなくて、みんな洋服《ようふく》を着《き》ています。

二十面相《めんそう》は、きっと、その中にかくれているのでしょう。

明智探偵《あけちたんてい》は懐中電灯《かいちゅうでんとう》で、ひとつひとつ、人形《にんぎょう》をてらしていきました。

すましたマネキンの顔《かお》が、つぎつぎと、光の中にあらわれます。

おやっ、四角なめがねをかけたメフィストの人形です。そいつが、懐中電灯の光を、まぶしそうにして、パチパチとまたたきをしました。

「あっ、きさま、二十面相だなっ。」

明智と二少年が、とびかかろうとすると、二十面相はすばやく身《み》をひいて、逃《に》げだしました。

「ワハハハハハ、おれは人形だよ。メフィストの人形だよ。ワハハハハハ。」

逃げながら、二十面相の高笑《たかわら》いです。

明智は懐中電灯をふりてらして、おっかけます。

二部屋《へや》ほどとおりすぎて、いきどまりの小部屋《こべや》にたっしました。シュッとマッチをする音、パッともえたつたいまつ。二十面相は小型《こがた》のたいまつをふりかざして、仁王立《におうだ》ちになっています。

「ワハハハハハ、おい、これを見ろ。このたるの中には、火薬《かやく》がいっぱいつまっているんだぞ。このとおり、ふたはひらいてある。このたいまつを、たるの中になげこめば、大爆《だいばく》発《はつ》だ。この家も、おれも、きみたちも、こなごなになって、ふっとんでしまうぞ。さあ、どうだ。命《いのち》がおしければ、地下から出ていけ。でないと、明智君《あけちくん》、きみはこの二十面相《めんそう》といっしょに死ぬことになるぞ。ワハハハハ。」

彼《かれ》は、たいまつをふりながら、勝《か》ちほこったように、笑《わら》うのでした。

ああ、あぶない。たいまつからは、火《ひ》の粉《こ》がとびちっています。それがたるの火薬《かやく》の中におちたら、なにもかも、こっぱみじんなのです。

小林少年《こばやししょうねん》も井上君《いのうえくん》も、まっ青《さお》になって、逃《に》げだしそうになりました。しかし、明智探偵《あけちたんてい》はビクともしないで、おちつきはらっています。

「ハハハハハ。」

こんどは、明智の笑う番《ばん》でした。

「そのたるの中をよく見たまえ。火薬は水びたしになっているじゃないか。たいまつをほうりこんだって、シュッと音がするばかりだよ。」

「なにっ、水びたしだと？」

二十面相は、あわててたるの中をのぞきました。

「やっ、さては、きさまが、水をかけたんだな。」

「そうだよ。きみが少年たちに催眠術《さいみんじゅつ》をかけているあいだに、ぼくは、このうちを、ねこそぎしらべた。そして、あぶない火薬《かやく》には水をかけておいたのさ。」

「ちくしょう！」

二十面相《めんそう》は、たいまつをなげすてて、いきなり、こちらへつき進《すす》んできました。明智《あけち》と二少年のあいだをすりぬけて、恐《おそ》ろしいいきおいで、逃げていきます。

パタンと、かくし戸のひらく音。そのむこうに、人間ひとり、やっととおれるほどの、トンネルのような穴《あな》が見えます。

二十面相は、よつんばいになって、穴の中へはいりこんでいきました。

明智探偵《あけちたんてい》と二少年も、やっぱりよつんばいになって、そのあとをおいます。

トンネルは二十メートルほども、つづいていましたが、やがて、ポッカリと、広い場所《ばしょ》に出ました。庭《にわ》のようです。

空《くう》中《ちゅう》戦《せん》

庭に待ちうけていた十三人の少年たちは、闇《やみ》に目がなれているので、どこからかあらわれた二十面相に、すぐ気がつきました。

「ワーッ……」

と、あがるときの声。少年たちは、二十面相《めんそう》をとらえようとして、とびかかっていくのです。

しかし、死《し》にものぐるいの相手《あいて》には、とてもかないません。二十面相は少年たちをつきのけ、つきのけ、庭《にわ》の一方にそびえているシイの木の下にかけよりました。

そこには、シイの木が三本ならんでいました。三本とも二十メートルもある大木《たいぼく》です。

二十面相は、右のはしのシイの木の幹《みき》にとびつくと、スルスルと木のぼりをはじめました。サルのように、木のぼりがうまいのです。

ところが、二十面相のほかに、もうひとり、やっぱりサルのような木のぼりの名人がいました。それは明智探偵《あけちたんてい》です。探偵は、まるで二十面相と競争《きょうそう》でもするように、三本のまん中のシイの木を、スルスルとのぼっていくではありませんか。

まっ暗《くら》な庭で、木のぼり競争がはじまったのです。これはいったいどうしたというのでしょう。

小林《こばやし》、井上《いのうえ》の二少年は、あまりのことに、あっけにとられて、ぼんやりと、シイの木の下に立ちすくんでいました。

そのうちに、シイの木のてっぺんのあたりから、みょうな音が聞こえてきました。

ブルン、ブルン、ブルン、ブルルン、ブルルン、ブルルン。

プロペラの風をきるような音です。

小林君《こばやしくん》も、井上君《いのうえくん》も、そのほかの十三人の少年たちも、まっ暗《くら》な空を見あげました。

そのとき、この家の門のほうに、自動車《じどうしゃ》のとまる音がしたのです。

小林君は、それを聞きつけると、ハッとして、そのほうへかけだしていきました。

小林君が考えたとおり、それは警視庁《けいしちょう》の自動車で、明智探偵《あけちたんてい》の知らせによって、中村警部《なかむらけいぶ》が部下《ぶか》をつれてやってきたのでした。

小林少年《こばやししょうねん》は、警部をつかまえて、あわただしく、ことのしだいをつげました。

「二十面相《めんそう》と、明智先生《あけちせんせい》とが、木のぼり競争《きょうそう》をやったのです。庭《にわ》のシイの木です。そうすると、シイの木のてっぺんから、プロペラのまわるような音が聞こえてきたのです。ほらね、あれです。聞こえるでしょう。」

「うん、聞こえる。あいつのおとくいの、背中《せなか》にくっつけるプロペラじゃないのか。」

「ぼくも、そう思うんです。」

「よしっ、それじゃあ、サーチライトを持ってきて、てらしてみよう。」

パトカーには、小型《こがた》のサーチライトがつみこんでありました。中村警部は部下の刑事《けいじ》にいいつけて、それを庭へ持ってこさせたのです。

サーッと白い棒《ぼう》のようなものが、まっ暗《くら》な空へのびました。サーチライトにスイッチがいれられたのです。

おお、ごらんなさい。ふたりの人間が空へうきあがっているではありませんか。明智探偵《あけちたんてい》と二十面相《めんそう》です。

ふたりとも、中村警部《なかむらけいぶ》がいった、背中《せなか》にくっつけるプロペラで、とんでいるのでした。

二十面相が、＊こういうプロペラを木のてっぺんの枝《えだ》の上にかくしておいて、それを背中につけて、空へ逃《に》げだすことは、これまでにもたびたびありました。これはフランス人の発明《はつめい》した、ひとり飛行《ひこう》の道具《どうぐ》なのです。それを二十面相が買いいれたのです。

この道具を持っているのは日本じゅうで、二十面相ひとりのはずです。明智探偵は、どうして、それを手にいれたのでしょう。

明智《あけち》は、この飛行道具《ひこうどうぐ》のために、たびたび、二十面相をとり逃がしています。それで、フランスにいる友だちにたのんで、発明家《はつめいか》を説《と》きつけてもらい、やっと、同じ飛行道具を手にいれることができたのです。それを、二十面相が道具をかくした、となりのシイの木のてっぺんにかくしておいて、今夜《こんや》、はじめてつかってみたわけです。

空飛《そらと》ぶ二十面相、空飛ぶ明智探偵、ふたりは、おいつおわれつ、暗闇《くらやみ》の空で戦《たたか》っています。サーチライトの光は、それをクッキリと、空にうきあがらせているのです。

＊第9巻『宇宙怪人』、第19巻『夜光人間』、第21巻『鉄人Q』、第22巻『仮面の恐怖王』などでの事件

ブルン、ブルン、ブル、ブル、ブルルルル、ブルルン、ブルルン、ブルルルルル。

恐《おそ》ろしい戦《たたか》いです。ひとりとひとりの空中戦《くうちゅうせん》です。逃《に》げる二十面相《めんそう》、おっかける明智探偵《あけちたんてい》。モーターのはいった箱《はこ》をせおって、そこからヘリコプターのようなプロペラが頭《あたま》の上に出ているのですから、手も足も自由《じゆう》です。

明智は、自分の長いプロペラを、二十面相のプロペラにぶっつけて、それをこわしてしまい、いっしょに地上におちればよいのです。地上には、たくさんの味方《みかた》がいるのですから。

サーチライトの光が、このふしぎな空中戦を、てらしだしています。

ブルン、ブルン、ブルルン、ブルルン。

二つのプロペラは、はげしくとびちがいました。明智がおっかけ、二十面相は逃げるのです。サーッと、むこうの空へ、とおざかるかとおもうと、またこちらにもどってきます。闇《やみ》の空に、大きな円をえがいて、はげしいおっかけっこです。

明智のプロペラの回転《かいてん》が、恐ろしく速《はや》くなりました。そして、つばめがえしに、下から上へ、二十面相のプロペラに、つっかかっていきます。

あっ、プロペラがぶっつかりました。みょうな音がしたかとおもうと、二つとも、プロペラの回転がとまってしまいました。そして、明智も二十面相も、地上へついらくしてきます。

そのとき、ちょうど、シイの木の上をとんでいましたので、ふたりとも、木のてっぺんにぶつかり、それから木の枝《えだ》をつたって、地上におちてきました。おれたプロペラが、枝にひっかかったりして、おちる速度《そくど》がにぶくなり、ひどいけがをしないですんだのです。

中村警部《なかむらけいぶ》と、その部下《ぶか》の刑事《けいじ》たち、小林少年《こばやししょうねん》をはじめ、十五人の少年探偵団員《しょうねんたんていだんいん》たちが「ワーッ」と叫《さけ》んで、そこへかけつけました。

二十面相《めんそう》は、どこかを、強くうったらしく、きゅうにおきあがることもできません。

ふたりの刑事が、とびかかっていって、手錠《てじょう》をはめてしまいました。

明智探偵《あけちたんてい》は、こわれた飛行具《ひこうぐ》をとりはずし、二十面相のそばに近づきました。さいわいけがもないようです。

「おお、明智君《あけちくん》。また、きみのおかげで、こいつをつかまえたんだよ。こんどは逃《に》がさんぞ。」

中村警部が、感謝《かんしゃ》するように、力強くいいました。

「うん、こんどは、きみの車に乗《の》せて、ぼくもそばについていこう。独房《どくぼう》にいれて、かぎをかけてしまうまでは、ゆだんができないからね。」

明智はそういって、中村警部と顔《かお》を見あわせ、にが笑《わら》いをしました。

「こいつは、少年探偵団《しょうねんたんていだん》の子どもたちを、目のかたきにしているんだよ。そこで、道ばたにチョークでカニの絵をかいて、小林君《こばやしくん》たちを、あの家におびきよせ、また少年探偵団の十三人の子どもたちまで、電話でよびあつめて、みんなに催眠術《さいみんじゅつ》をかけて、こわい思いをさせたのだ。少年たちは、いろいろなふしぎを見せられたが、ほんとうのできごとではなくて、みんな催眠術のまぼろしにすぎなかったのだ。

小林君が、この家にしのびこむまえに、電話で知らせてくれたので、ぼくは、それをきみにもつたえ、飛行具《ひこうぐ》を車にのせて、ここにやってきた。子どもたちは、二十面相《めんそう》のために一室にとじこめられ、催眠術にかかっていた。そのすきに、ぼくはこの家の中をよくしらべて、先手《せんて》をうっておいたのだよ。

それから、二十面相とむかいあって、催眠術のかけあいをした。どちらが心の力が強いか、おそろしい戦《たたか》いだった。さいわいに、その戦いには、ぼくが勝《か》ったのだがね。」

「いや、いつもながら、きみの腕《うで》まえには、一言《いちごん》もない。あやうく、逃がすところだった二十面相を、またつかまえることができたのは、まったくきみのおかげだ。」

「いや、それには、小林君が、この家を見つけたこと、用心《ようじん》ぶかく、ぼくに電話をかけてくれたこと、これをわすれてはいけない。」

「うん、小林君や、少年探偵団の諸君《しょくん》にもお礼《れい》をいうよ。」

中村警部《なかむらけいぶ》は、にこにこしながら、ちょっと首《くび》をさげてみせるのでした。

「明智先生《あけちせんせい》ばんざーい……、小林団長《こばやしだんちょう》ばんざーい……」

少年たちは、声をそろえて、日ごろから尊敬《そんけい》する、ふたりのばんざいを、いきおいよくとなえるのでした。

少年探偵

天空の魔人

江戸川乱歩

雲の上の怪物《かいぶつ》

少年探偵団《しょうねんたんていだん》の小林団長《こばやしだんちょう》と、団員《だんいん》でいちばん力の強い井上一郎君《いのうえいちろうくん》と、すこしおくびょうだけれど、あいきょうものの野呂一平君《のろいっぺいくん》の三人が、春の休みに、長野県《ながのけん》のある温泉《おんせん》へ旅行《りょこう》しました。

その温泉を、仮《かり》に矢倉温泉《やぐらおんせん》と名づけておきましょう。*国鉄《こくてつ》から私設鉄道《しせつてつどう》に乗《の》りかえて、矢倉駅でおり、すこし山道をのぼると、そこに、温泉村《おんせんむら》がありま す。山にかこまれた、けしきのよい温泉です。

その温泉のトキワ館《かん》という旅館《りょかん》の主人《しゅじん》が、井上君のおじさんなので、小林団長と野呂君をさそって、五日ほど滞在《たいざい》する用意《ようい》でやってきたのです。

井上君のおとうさんは、もとボクシングの選手《せんしゅ》だったので、井上君も、ときどきボクシングをおそわることがあります。生まれつきからだが大きくて力が強いうえに、ボクシングの手まで知っているのですから、学校でも、だれも井上君にかなうものはありません。

野呂一平君は、ノロちゃんというあだ名でよばれていますが、からだの動《うご》かしかたがのろいわけではありません。なかなか、すばしっこいのです。しかし、やせっぽちで力もな

＊ 現在のＪＲ《ジェイアール》

く、そのうえ、すこし、おくびょうなのです。

そんなおくびょうものが、どうして少年探偵団《しょうねんたんていだん》にはいったかといいますと、ノロちゃんは、小林団長《こばやしだんちょう》を、ひじょうに尊敬《そんけい》しているので、どうしてもはいりたいといって、きかなかったからです。小林君《こばやしくん》も、ノロちゃんがすきですし、おくびょうだけれどすばしっこいのと、だれにもすかれる、あいきょうものなので、団員《だんいん》にいれることにしたのです。

三人がトキワ館《かん》につきますと、井上君《いのうえくん》のおじさんや、おばさんは「よくきた、よくきた」といって、ひじょうに歓迎《かんげい》してくれました。

トキワ館のそばに、岩をくんだ野天《のてん》ぶろがあります。三人はまずそこへはいって、おおいだり、お湯《ゆ》のかけっこをやったり、大はしゃぎをしたあとで、部屋《へや》にもどって、おいしい夕食《ゆうしょく》をたべました。

そのとき、おきゅうじをしてくれたのは、よくしゃべる*女中《じょちゅう》さんで、いろいろ話してくれましたが、そのうちに、みょうなことをいいだしたのです。

「あんたがた、少年探偵団だってね。そんならばちょうどいい。いまこの村に、おっかねえことがおこってるだよ。おまわりさんでも、どうにもできねえような、おっかねえことがよ。」

女中さんは、いなかの人ですから、ことばが聞きとりにくいこともありますが、意味《いみ》が

＊ 現在の仲居《なかい》さん

わからないほどではありません。

三人の少年はそれを聞くと、にわかに、からだがシャンとしたような気がしました。じつはそういう話を、待ちかまえていたからです。

「おっかないって、いったい、どんなことですか。」

小林団長《こばやしだんちょう》が、ひざをのりだすようにしてたずねました。

「それがね、わけがわからねえだよ。なんでも、雲の上に、おっかねえばけものがいて、わるさをするっていうのよ。」

いよいよ、おもしろくなってきました。

「わるさって、どんなわるさをするんです。」

「雲の上から、でっかい手が、ニューッとおりてきて、ニワトリや畑《はたけ》のものをつかんでいくんだって。牛や馬でも、つかみ殺《ころ》されたことがあるくれえよ。」

「おねえさんは、その大きな手を、見たことがあるの？」

「いんや、わしは見ねえけんど、おおぜい見た人があるだよ。そのばけものの腕《うで》は、ふたかかえもあるマツの木のような、でっけえ腕《うで》だとよ。」

三人の少年は、顔《かお》を見あわせました。いったい、そんなばかなことが、あるものでしょうか。雲の中から、巨人《きょじん》の腕がニューッとあらわれて、いろんなものをつかんでいくなんて、いままで聞いたこともない、へんな話です。

「おねえさんは、そんなことをいって、ぼくらをおどかすんだろう。東京《とうきょう》の子どもは、山の中のことを、なんにも知らないと思って、おどかしているんだろう。」

ノロちゃんが、にやにや笑《わら》いながらいいました。ほんとうは、すこしこわくなってきたのですが、笑《わら》い顔《がお》でごまかしているのです。すると女中《じょちゅう》さんは、真剣《しんけん》な調子《ちょうし》で、

「いんや、おどかしでねえ。なんでわしが、おどかしなんかいうもんか。ほんとのこったよ。だがね、この話をしちゃいけねえって、だんなさんにいわれてるだ。そんなうわさがたてば、温泉《おんせん》がさびれるだから、いっちゃいけねえってね。だが、あんたたち少年探偵団《しょうねんたんていだん》だから、わし、ちょっといってみただ。だからよ、これ、ほかのお客《きゃく》さんに話すでねえよ。わしが、しゃべったことがわかると、だんなさんにしかられるだからね。」

少年たちは、もっと、いろいろ聞きだそうとしましたが、女中さんは自分で見たわけではないので、くわしいことは、わかりませんでした。

そのあくる日、井上君《いのうえくん》がおじさんにあったとき、女中さんから聞いたといわないで、それとなくたずねてみますと、おじさんは、こまったような顔《かお》をして、

「もう一郎君《いちろうくん》の耳にはいったのかい。ばかばかしい怪談《かいだん》だよ。雲の上から巨人《きょじん》の手が出て、いろんなものをつかんでいくなんて、そんなことが、信《しん》じられるかい。きっと、どろぼう

がいるんだよ。いろんなものをぬすんでおいて、そんな、巨人《きょじん》のうわさをいいふらし、自分のつみをのがれようとしているんだよ。」

「じゃ、おまわりさんが、しらべればいいんですね。この村にだって警察《けいさつ》があるんでしょう。」

井上君《いのうえくん》がいいますと、おじさんは、うなずいて、

「むろんあるさ。*警察分署《けいさつぶんしょ》があって、四、五人のおまわりさんがいる。このあいだから、いっしょうけんめいに、しらべているんだが、まだ、どろぼうはつかまらない。じつにこまったことだ。」

と、ため息をつくのでした。

天にのぼる白犬

ところが、井上君のおじさんの考えは、まちがっていたことが、だんだんわかってきました。雲の中からあらわれる巨人の腕《うで》は、けっして、でたらめなうわさではなかったのです。

そして、ついに、少年探偵団員《しょうねんたんていだんいん》である井上君とノロちゃんとが、その恐《おそ》ろしいできごと

＊ 本署《ほんしょ》から分かれて、ほかの場所に設《もう》けられた警察署《けいさつしょ》

を、まのあたりに見ることになるのです。

温泉《おんせん》についたあくる日の夕方、三人の少年は、また野天《のてん》ぶろにはいっていました。どんよりとくもった日で、まだ五時をすぎたばかりなのに、あたりは夕闇《ゆうやみ》にとざされ、遠くのほうは見えないほど、暗《くら》くなっていました。

はじめは三人きりで湯《ゆ》につかっていたのですが、しばらくすると、野天ぶろの岩のむこうから、ひとりのおとなの人がはいってきました。四十五、六に見える、よく太った、りっぱな人です。トキワ館《かん》にとまっている東京《とうきょう》の客《きゃく》のようでした。

その人は、着物《きもの》をぬいで湯にはいると、ひとりでジャブジャブやっていましたが、三人の少年のほうを見てニッコリ笑《わら》うと、なつかしそうに話しかけてきました。

「きみたち、東京からきているんだね。わたしも東京だよ。この温泉は、しずかでいいね。きみたち、いつまでいるの。」

「四、五日いるつもりです。」

小林君《こばやしくん》が、こたえました。

「それじゃ、山のぼりをするといいんだが……しかし、用心したほうがいいよ。なんだか、へんなうわさがあるからね。」

その人は、みょうな顔《かお》をして、三人の少年を、じろじろ見くらべながらいうのでした。

「へんなうわさって？」

小林君《こばやしくん》は、たぶんあのことだろうと思いましたが、知らぬふりでたずねてみました。

「雲の中から、巨人《きょじん》の腕《うで》が出てくるんだ。まだ人間はやられないが、動物《どうぶつ》は、ずいぶんやられているらしい。その大きな腕で、牛でもなんでも、つかんでいくんだって。」

「それ、ほんとうでしょうか。迷信《めいしん》ぶかい人がいて、つまらないことから、そんなうわさが、ひろがっているんじゃないでしょうか。」

井上君《いのうえくん》がいいますと、その人は、しばらくだまっていましたが、なにか恐《おそ》ろしそうに、まっ黒にくもった空を見あげました。

もう、あたりはいよいよ暗《くら》くなって、湯《ゆ》につかっている、おたがいの顔《かお》も、ぼんやりとしか見わけられないほどです。

「わたしも、さいしょは、そう思った。しかし、鳥小屋《とりごや》がこわされて、ニワトリがいなくなった家が、何軒《なんげん》もあるんだし、牛が、高いところから落《お》とされでもしたように、足をおって、死《し》んでしまったこともあるし、畑《はたけ》の土が、たたみ一畳《じょう》じきもあるような大きな手で、えぐりとられているところが、二つも三つもある。わたしは、それを、この目で見た。じつに恐ろしいことだ。」

そういって、その人は、まだ暗い空を、じっと見あげるのでした。

「もう出ようよ。そして、部屋《へや》へ帰ろうよ。ぼく、なんだか、寒《さむ》くなってきた。」

ノロちゃんが、暗《くら》くなったあたりを見まわして、泣《な》きだしそうな声をだしました。

「うん、はやく、部屋へはいったほうがいい。巨人《きょじん》の腕《うで》があらわれるのは、いつも夜だからね。夜は、外へ出ないほうがいいよ。」

そこで少年たちは、野天《のてん》ぶろからあがって、岩のあいだでからだをふいて、服《ふく》を着《き》ましたが、男の人は、お湯《ゆ》のまん中に立ったまま、さっきから、ずっとむこうのほうの空を見つめていました。まるで、くいいるように、そのほうばかりを見つめているのです。

少年たちは、それに気がつくと、なんだかゾーッとして、おもわず自分たちも、その方《ほう》角《がく》を見ました。

「ごらん。あれを、ごらん。」

男の人が、手をあげて、空の一方を指《ゆび》さしました。まるで、ないしょ話でもするような、ひくい声です。

空は、いちめんに、どす黒い雲に、おおわれていました。

「あの山と山とのあいだだよ。」

その山と雲とのさかいめが、もう、見わけられないほど暗くなっているのです。

しかし、山と山とのあいだらしく見えるところに、雲の中から、ボーッと、白っぽいもやのようなものがたれさがっていました。

「あれね、わかるだろう。なんだか大きな腕《うで》のように、見えるじゃないか。」

少年たちは、そのもやもやしたものを、見つめました。そういわれれば、いかにも、巨《きょ》人《じん》の腕のような形《かたち》です。そのでっかい腕が、雲の中から、だんだん地上へのびてくるように、思われるのです。

「ワーッ……」

ギョッとするような叫《さけ》び声《ごえ》がおこりました。そして、井上君《いのうえくん》の腕を、グッとつかんだものがあります。びっくりしてふりむくと、それは、ノロちゃんでした。ノロちゃんが、悲《ひ》鳴《めい》をあげて、逃《に》げだそうとしているのです。

そのとき、ノロちゃんと井上君とは、もう服《ふく》を着《き》ていたので、すぐに逃げられるのです。小林君《こばやしくん》は、まだパンツをはいたばかりのところでした。

ノロちゃんが、むちゅうになってひっぱるものですから、井上君も走りだしました。野天《のてん》ぶろから旅館《りょかん》の建物《たてもの》までは、七、八十メートルもあります。しかも、そこは、両側《りょうがわ》に大きな木が立ちならんだ、森のような道ですから、もうまっ暗《くら》で、足もとも見えないほどです。

ノロちゃんと井上君は、手をひいて、その暗闇《くらやみ》の中をいそぐのでしたが、半分ほどいったときに、さきに立っていたノロちゃんが、ギョッとしたように立ちすくんでしまいました。そして、ぶるぶるふるえているのが、井上君《いのうえくん》の手に、つたわってくるのです。

ノロちゃんは、なにを見て、そんなにこわがっているのでしょう。ノロちゃんには、ものをいう力もないように見えました。

井上君のほうでも、聞くのが恐《おそ》ろしかったのです。

やがて、そのものが、井上君の目にも見えてきました。ボーッと白っぽい、大きなものです。それがスーッと、こちらへ近づいてくるのです。

ノロちゃんが、パッと、井上君のからだにしがみついていきました。

「なあんだ、犬だよ。大きな白犬だよ。」

五メートルほどに近づいてきたので、やっとそれがわかりました。昼間、トキワ館《かん》の表《おもて》で見た、大きな白い犬でした。

ノロちゃんは、犬とわかると、すっかり安心《あんしん》して、井上君からはなれ、てれかくしのように、えへへ、えへへ、と笑《わら》いだしました。

「ねえ、井上君、いまのこと、小林《こばやし》さんにはないしょだよ。ぼくがふるえあがって、きみにだきついたなんて、いっちゃいやだよ。いいかい。」

ノロちゃんのことばが、おわるかおわらないかでした。とつぜん、すぐ目の前に、身《み》の毛《け》もよだつような、恐《おそ》ろしいことがおこったのです。

その大きな白犬が、キャンキャンと、まるで猛獣《もうじゅう》にでも出あったような、悲鳴《ひめい》をあげました。そして、身《み》をもがいて、逃《に》げだそうとするのですが、なにかにつかまれてでもいるように、逃げることができないのです。

とっさに、ノロちゃんが、井上君《いのうえくん》の大きなからだにしがみついたことは、いうまでもありません。ノロちゃんが、がたがたふるえているので、井上君まで、ふるえだすほどでした。

そのうちに、もっとびっくりするようなことがおこりました。

白犬が、地上をはなれて、スーッと、宙《ちゅう》にうきあがったのです。巨大《きょだい》な腕《うで》につかまれて、上のほうへひきあげられているように見えるのです。

「巨人《きょじん》の腕だ、巨人の腕だ……。」

ノロちゃんは、そのほうを見まいとして、顔《かお》を井上君の胸《むね》にくっつけて、ないしょ話のようなひくい声で、それを、くりかえしていました。

「巨人の腕だ、巨人の腕だ……。」

井上少年《いのうえしょうねん》は、けっして、おくびょうではありませんが、すぐ目の前に、理屈《りくつ》では考えられないことが、おこっているのですから、心のそこから、ゾーッとしないではいられませ

んでした。

さすがの井上君《いのうえくん》も、もう、逃《に》げだす力もないのです。そのうえ、ノロちゃんにしがみつかれ、熱病《ねつびょう》のうわごとのように「巨人《きょじん》の腕《うで》だ、巨人の腕だ」とささやかれるのですから、たまったものではありません。

井上君の目は、見まいとしても、そのほうに、くぎづけになっていました。

大きな白犬は、キャンキャンと、かなしい叫《さけ》び声《ごえ》をたてながら、もがきにもがいているのです。そして、じりり、じりりと、上のほうへ、ひきあげられていくのです。

巨人の腕は、はっきりとは見えません。まっ白な犬ですから、犬だけがよく見えて、巨人の腕は、暗闇《くらやみ》にとけこんで、ボーッとかすんでいるのです。

見つめていますと、闇の中に、闇と同じような色の、なんだか、恐《おそ》ろしく巨大《きょだい》なものが、空のほうから、グーッと、のびているように感《かん》じられます。

その黒い腕が、犬をつかんで、ぐいぐいと、ひきあげていくのです。

死《し》にものぐるいに、もがいている白犬の姿《すがた》は、みるみる井上君の頭《あたま》よりも高くなり、それからまだ、上へ、上へと、無限《むげん》にのぼっていきます。そして、ついには、その姿が見えなくなってしまいました。

ただ、はるか空のほうから、かなしげな白犬の鳴き声が、かすかに、かすかに、聞こえてくるばかりです。

井上君《いのうえくん》も、そのからだにしがみついているノロちゃんも、銅像《どうぞう》にでもなったように、身《み》動《うご》きもしませんでした。

ちょうど、腰《こし》がぬけたのと同じで、筋肉《きんにく》が、こわばってしまって、動こうとしても、動けないのです。

「おやっ、井上君とノロちゃんじゃないか。こんなところで、なにをしているんだい。」

とつぜん、うしろから声をかけられたので、ふたりは、とびあがるほどおどろきました。しかし、それでやっと、からだが動くようになったのです。

声をかけたのは、小林団長《こばやしだんちょう》でした。

暗闇《くらやみ》をすかして、その姿《すがた》を見とどけると、ふたりは、いきなり小林君《こばやしくん》にかけよって、左右から、その手にとりすがりました。そして、ものもいわないで、旅館《りょかん》の建物《たてもの》のほうへ走りだすのです。

「おい、きみたち、なにをそんなに、あわてているんだい。むやみにひっぱっちゃあ、あぶないじゃないか。」

小林君は、ひっぱられるままに走りながら、ふしぎそうに、たずねるのですが、ふたりとも、ひとこともこたえません。なにか、恐《おそ》ろしいものに、追っかけられてでもいるように、ただ、いそぎに、いそぐのです。

やっと、むこうに、トキワ館《かん》の部屋《へや》の、あかりが見えてきました。

「おい、どうしたんだよ。はやく、わけをいいなよ。」

小林君《こばやしくん》が、しかるようにいって、グッと、ふみとどまったものですから、ふたりも、しかたなく立ちどまりました。

「ああ、こわかった。ぼくは、いまにも、巨人《きょじん》の腕《うで》につかまれるかと思うと、死《し》にそうだったよ。」

ノロちゃんは、明るくなったので、にわかに元気づいて、口がきけるようになりました。

「えっ、巨人の腕だって。」

小林君も、びっくりして聞きかえしました。

そこでふたりは、明るい旅館《りょかん》の入り口のほうへ歩きながら、さっきの恐《おそ》ろしいできごとを、口々に、小林君に話して聞かせるのでした。

さらわれた少年

そのあくる日から、あの大きな白犬は、村にいなくなってしまいました。犬の飼《か》い主《ぬし》は、ずいぶん、さがしまわったのですが、どうしても見つけることができませんでした。

井上《いのうえ》、野呂《のろ》の二少年が、野天《のてん》ぶろの帰りに見た、あの奇怪《きかい》な事件《じけん》は、けっして夢《ゆめ》でもまぼろしでもなかったのです。巨人《きょじん》の腕《うで》は、ほんとうに、森の中へおりてきて、白犬をつかみあげていったのです。

でも、犬だったからまだしあわせでした。もし、あのとき、井上君《いのうえくん》かノロちゃんか、どちらかがつかみあげられたら、どうだったでしょう。ふたりとも、それを考えると、ゾーッと、背中《せなか》が寒《さむ》くなるのでした。

巨人の腕は、動物《どうぶつ》や畑《はたけ》のものをつかんでいくばかりで、人間はまだひとりもやられていません。村の人たちは、いくら魔物《まもの》でも、人間には恐《おそ》れをなしているのだろうと、うわさをしていました。

ところが、白犬の事件から二日めの朝になって、巨人は、けっして、人間にえんりょなんかしていないことが、わかったのです。とうとう、人間がやられたのです。

矢倉温泉《やぐらおんせん》の近くに住んでいる、佐多《さた》という農家《のうか》に、十二歳《さい》になる幸太郎《こうたろう》という男の子がありました。その幸ちゃんが、きのうから、ゆくえ不明《ふめい》になっていました。

幸ちゃんは、わんぱくもので、一日じゅう外で遊《あそ》んでいる子でしたから、夜になるまでは、おとうさんも、おかあさんも、心配《しんぱい》しませんでしたが、暗《くら》くなって、だんだん夜がふけても帰ってこないので、大さわぎになりました。

お友だちのうちや、ほうぼう聞きあわせましたが、どこにもいません。警察分署《けいさつぶんしょ》にもとどけました。

「ひょっとしたら、巨人《きょじん》の腕《うで》に、さらわれたんじゃあるまいか。」

そんなことをいいだす人もありました。村には、むかしから、てんぐにさらわれるという、いいつたえがありました。羽《はね》のはえた、てんぐという怪物《かいぶつ》が、空から舞《ま》いおりてきて、子どもをさらっていくというのです。

としよりの人たちは、巨人の腕を見たわけではありませんので、そんなへんなものよりも、まず、てんぐのことを考えました。そして、幸ちゃんは、てんぐにさらわれたのかもしれないと、うわさをするのでした。

ところが、けさになって、その幸ちゃんが、ヒョッコリ帰ってきたのです。しかし、ふつうの帰りかたではありません。村はずれの、山の登《のぼ》り口に、大きな森があります。その森の、高いシイの木の枝《えだ》の上に、ひっかかっていたのです。

ひっかかるというのは、へんですが、たしかに幸《こう》ちゃんは、その高い枝の上に、横《よこ》になって、のっかっていたのですから、下から見ると、ひっかかっているように見えたのです。

村の人が、朝はやく、その森をとおりかかると、上のほうで、ワーン、ワーンと、子どもの泣《な》き声《ごえ》がするので、びっくりしてさがしてみると、高い高い木の上で、幸ちゃんが泣いていることが、わかったのです。

そこで、村のきこりをしている人の、木のぼりの名人をよんできて、やっと幸ちゃんを、木の上からおろすことができたのですが、それを見ると、おかあさんは、ワッと泣きだしてしまいました。それほど、幸ちゃんは、ひどい姿《すがた》になっていたからです。

服《ふく》は、やぶれて、どろまみれになり、顔《かお》はどろと血《ち》で、恐《おそ》ろしくよごれ、手足は、きずだらけになっていたのです。

すぐに、うちへ連れかえって、きずの手あてをしたり、ふろにいれたりして、やっと、おちついたときに、みんなで幸ちゃんをとりかこんで、たずねてみますと、幸ちゃんは、きのうの夜からいままでのことを、ぼつぼつ話しました。

幸ちゃんは、きのうの夕方、友だちといっしょに、山のほうへ遊《あそ》びにいっていたのですが、みんなとけんかして、ひとり山にのこっているうちに、日が暮《く》れてしまったのです。

あたりがまっ暗《くら》になったので、いそいで、うちに帰ろうと山をおりてきますと、とつぜん、サーッと、風がふいてきて、雲の中から、大きなマツの木のようなものが、落《お》ちてきたというのです。

「八幡《はちまん》さまのマツよ。あれの三倍《ばい》も、太かったぜ。そんでね、そのマツに指《ゆび》が五本はえてただ。一本の指が、お寺の柱《はしら》くれえあったぜ。その指が、おらの目の前で、モジャモジャ動《うご》いてたが、ギャッと、つかみかかってきた。そんでね、おら、空さ、舞《ま》いあがっちまったのよ。目がまわって、なにがなんだか、わかんなくなっちまっただ。」

幸《こう》ちゃんは、そんなふうに話しました。この少年は、日ごろから、つくり話がうまく、また、その話しかたが、じつに、じょうずでしたが、こんどは、つくり話ではありません。ひと晩《ばん》、うちに帰らなかったうえ、これほどひどいけがをして、子どもには、とてものぼれないような高い木の上にひっかかっていたのですから、だれも幸ちゃんの話を、うそだと思うものはありませんでした。

巨人《きょじん》の腕《うで》につかみあげられたときは、目がまわって、気をうしなってしまったが、ふと、目をひらくと、高い空を、ヒューッ、ヒューッと、風のように、とんでいることがわかったそうです。

「きっと、巨人が手をふって、ノッシ、ノッシと歩いていたんだぜ。そんだから、巨人が

の手がパッとひらいて、幸ちゃんのからだは、まるで石でもなげたように、ヒューッと風ん空をとびまわったあとで、森の木の上に落《お》とされたのだそうです。つかまれていた巨人

幸ちゃんは、だんだん調子《ちょうし》にのって、そんなことまでいうのでした。それから、さんざかねえけんど、おもしろかったぜ。もう一度《ど》、巨人につかまれてえな。」

「おら、飛行機《ひこうき》に乗ったことねえけんど、飛行機に乗れば、あんなふうにちげえねえ。おっです。それは、町や村の電灯《でんとう》の光だったのでしょう。

まっ暗《くら》な中に、ところどころ、火の粉《こ》をこぼしたような、赤い光のかたまりが見えたそうのので、からだの半分が、雲の上に出ていたためかもしれません。また、下のほうを見ると、ちめんにくもっていたのに、どうして星が見えたのでしょう。それは、巨人のせいが高い

空には、まるで銀《ぎん》の砂《すな》をまいたように、いっぱい星があったといいます。夕べは、空いなるではありませんか。

まれている。なんという恐《おそ》ろしいめにあったものでしょう。考えただけでも、気がとおく人間の何百倍《なんばい》もある巨人《きょじん》が、ノッシ、ノッシと歩いていく。その手に幸ちゃんが、つか

幸《こう》ちゃんは目をまんまるにして、そのときのこわかったようすを話すのでした。どったりしたんだ。でっけえブランコに、乗《の》ってるみてえだったぜ。」

手をふるたびに、おらのからだは、ヒューッと、前にいったり、ヒューッと、うしろへも

を切って、*下界《げかい》へ落《お》ちてきたのです。そのとき幸《こう》ちゃんは、また気をうしなってしまいました。

二度《ど》めに気がついたときには、森の木のてっぺんに、ひっかかっていたのです。もう夜明けでした。巨人《きょじん》につかまれているあいだに、叫《さけ》ぶことも、ものをいうこともできなかったのですが、そのとき、やっと声が出るようになりました。そこで、幸ちゃんは、死《し》にものぐるいの声をだして、泣《な》き叫んでいたというのです。

三人の客《きゃく》

幸ちゃんの事件《じけん》があったお昼すぎ、トキワ館《かん》の洋室《ようしつ》の応接間《おうせつま》に、三人のおとなと、三人の少年が集《あつ》まって、事件のうわさをしていました。幸ちゃんが、巨人にさらわれた話は、またたくまに、村じゅうにひろがって、トキワ館のお客《きゃく》さんも、みんな、それを知っていたのです。

応接間に集まっていたのは、小林《こばやし》、井上《いのうえ》、野呂《のろ》の三少年と、白犬の事件があった夜、野《の》天《てん》ぶろで知りあいになった東京《とうきょう》からの客と、その友だちふたりです。

野天ぶろで知りあった人は、東京の自転車製造会社《じてんしゃせいぞうがいしゃ》の重役《じゅうやく》で、三谷《みたに》さんというのでした。

＊人間の住んでいる世界

ふたりの友だちも、同じ会社《かいしゃ》の人でした。三人の少年は、この人たちとおふろなどでよく出あうので、だんだんしたしくなり、じょうだんをいったり、ふざけたりするほどになっていました。

「ぼくたち三人は、あす東京《とうきょう》へ帰るよ。べつに、巨人《きょじん》がこわくて、逃《に》げだすわけじゃないがね。」

三谷《みたに》さんが、小林君《こばやしくん》の顔《かお》を見て、笑《わら》いながらいいました。三人のおとなは、みんな、宿《やど》のゆかたにどてらをかさねて、長いイスに、ぐったりこしかけているのです。

「これは、ここへきたときからの予定《よてい》なんだ。あさって、東京に、どうしても出なければならない会があるのでね。」

三谷さんの友だちのひとりが、弁解《べんかい》するようにつけくわえました。すると、もうひとりの友だちが、

「きみたち少年探偵団《しょうねんたんていだん》の三人は、まだ、滞在《たいざい》しているんだね、だが、なるべくはやく帰るほうがいいよ。いくら探偵団でも、巨人《きょじん》の腕《うで》には、かないっこないからね。ハハハ……。」

と、からかうのでした。しかし少年たちも負《ま》けてはいません。井上君《いのうえくん》は、肩《かた》をいからせて、

「おじさんたち、少年探偵団の歴史《れきし》を知らないから、そんなことをいうんだよ。ぼくたちはいままで、ずいぶん怪物《かいぶつ》をたいじしてきたからね。青銅《せいどう》の魔人《まじん》、*1 透明怪人《とうめいかいじん》、*2 宇宙怪人《うちゅうかいじん》、*3

＊1 シリーズ第5巻　＊2 シリーズ第7巻　＊3 シリーズ第9巻

みんな、恐《おそ》ろしい怪物《かいぶつ》なんだよ。」

と、じまんしました。小林団長《こばやしだんちょう》も、それにつづけて、

「ぼくたちだけで、たいじしたんじゃない。ほんとうは明智先生《あけちせんせい》なんです。おじさんたち、明智先生を知っているでしょう。」

「うん、新聞でね。きみたちは、あの名探偵《めいたんてい》の弟子《でし》なんだね。それで、こんどの巨人《きょじん》の腕《うで》の秘密《ひみつ》を、とこうというわけか。」

「ええ、そうなんです。もし、ここに明智先生がおられたら、きっと、巨人の秘密を、とかれると思います。けっして、逃《に》げだしたりなんかしないと思います。ですから、ぼくたち、もうすこしここにいて、やってみるんです。」

さすがに小林団長、けなげなことをいいます。

「ふうん、感心《かんしん》、感心。まあ、せいぜいやってみるがいいだろう。だが用心するんだぜ。相手《あいて》は、おっそろしく、でっかい巨人だからね。つかみ殺《ころ》されないようにね。」

三谷《みたに》さんが、またからかいました。

おくびょうもののノロちゃんは、部屋《へや》のすみのほうで、青い顔《かお》をして、この話を聞いていましたが、そのとき、やっと、ふるえ声で口をはさみました。

「ぼく、どうしても、わからないな。そんなでっかい巨人なんて、この世界《せかい》にいるんだろ

うか。キングコングやゴジラなんて、みんな、つくり話でしょう。動物《どうぶつ》でさえ、そんな大きなのはいないんだから、人間の巨人《きょじん》なんて、いるはずがないんだがなあ。」

「ハハハ……、ノロちゃんは、おくびょうもののくせに、いいことをいうね。それじゃきみは、おばけがこわくないのかい。」

三谷《みたに》さんの友だちが、いじわるをいいました。

「うん、おばけはこわいよ。おばけなんていないことは、よく知ってるんだけど……やっぱり、こわいから、しかたがないや。」

それを聞くと、みんなが大笑《おおわら》いをしました。しかし、ノロちゃんは、まじめな顔《かお》で、

「まだわからないことがあるんだよ。腕《うで》だけで、からだのないやつってないでしょう。だから巨人には顔も、腹《はら》も、足もあるはずでしょう。ね、だから、そのでっかい足で、いろんなものを、ふんづけるはずじゃないかい。そういう、ふんづけたあとが、一つもないのがおかしいんだよ。」

と、もっともなことをいうのです。

「ハハハ……、そこがばけものだよ。巨人は、腕ばっかりで、からだがないのかもしれない。」

それにノロちゃんは、おとといの晩《ばん》、犬がつかみあげられるのを、その目で見たんだろ

う。こんなたしかなことは、ないじゃないか。」

「うん。でも、巨人《きょじん》の腕《うで》は、よく見えなかったよ。まっ黒な腕だから、見えなかったのかもしれないけど。」

それから、またしばらく、巨人のうわさをしたあとで、みんなは明るいうちに、野天《のてん》ぶろへはいろうといって、ぞろぞろと出かけました。

そのあくる日の午後、三谷《みたに》さんたち三人は、東京《とうきょう》へ出発《しゅっぱつ》しました。そして、その晩《ばん》のことです。前代未聞《ぜんだいみもん》の大事件《だいじけん》がおこったのは……。

十時半ごろでした。そのとき、小林君《こばやしくん》たち三人は、トキワ館《かん》の二階《かい》の八畳《じょう》の部屋《へや》に、床《とこ》をならべて、もう寝《ね》ていたのです。うとうととして、ふと気がつくと、下の旅館《りょかん》の事務室《じむしつ》のほうから、がやがやと、さわがしい声が聞こえてきました。どうもただごとではありません。

「おい、井上君《いのうえくん》、ノロちゃん、なんだろう。ばかにやかましいね。」

「うん、へんだね。また、巨人の腕があらわれたんじゃないかしら。」

井上君が、ねむそうな声でこたえました。

「えっ、巨人の腕だって？」

ノロちゃんが、とんきょうな声をたてて、ピョコンと、ふとんの中からとびおきてきました。もう、がたがたふるえているのです。

「下へいってみよう。」

「うん、そうしよう。」

小林君《こばやしくん》と、井上君《いのうえくん》とは、ねまきのまま、部屋《へや》を出ていきます。

「ぼくひとり、おいていっちゃあ、いやだよ。ぼく、こわいよう。」

ノロちゃんは、あわてて、ふたりのあとを追《お》うのでした。

下の事務室《じむしつ》には、おおぜいの人が集《あつ》まっていました。まん中に駅員《えきいん》の服《ふく》を着《き》た人が立っています。そのまわりに、トキワ館《かん》の主人夫婦《しゅじんふうふ》、番頭《ばんとう》さん、女中《じょちゅう》さんなどがむらがり、とまり客《きゃく》も、四、五人まじっていました。

駅員が、なにか恐《おそ》ろしいニュースを、持ってきたらしいのです。

よく聞いてみますと、それはつぎのような、おどろくべき事件《じけん》でした。

貨《か》車《しゃ》昇《しょう》天《てん》

巨人《きょじん》の腕《うで》は、動物《どうぶつ》や人間をさらったばかりでなく、こんどは、あの大きな重《おも》い貨物列車《かもつれっしゃ》を、雲の上へとつかみあげていったのです。

キングコングやゴジラは、飛行機《ひこうき》や電車《でんしゃ》をつかみましたが、巨人《きょじん》の腕《うで》も、あの怪獣《かいじゅう》たちと同じ力を持っているのでしょうか。

矢倉温泉《やぐらおんせん》の駅《えき》から、東京《とうきょう》のほうに近い第一番《だいばん》めの駅は、横目駅《よこめえき》で、そこに、横目町《よこめまち》という、小さい町があるのです。

その横目駅を、今夜《こんや》の八時四十七分に出た貨物列車《かもつれっしゃ》が、矢倉駅《やぐらえき》へ九時につきました。*1蒸《じょう》気機関車《ききかんしゃ》にひかれた、十五両連結《りょうれんけつ》の貨物ばかりの列車です。

その貨物列車の、機関車からかぞえて、七両めに、あるお金持ちが借《か》りきっている貨車《かしゃ》が、つながれていました。そして、その貨車は、矢倉駅でつみおろしをすることになっていたのです。

そのお金持ちは、矢倉村の近くに、大きな別荘《べっそう》を建《た》て、その中へかざるために、東京からたくさんの美術品《びじゅつひん》を、矢倉駅へ送《おく》ったのです。値打《ねう》ちにして、何千万円《まんえん》という美術品です。

その美術品は、国鉄《こくてつ》から私鉄《してつ》への乗《の》りかえ駅で、つみかえられましたが、そのときは、おおぜいの人がげんじゅうに見はりをして、私鉄の貨車につみこみ、貨車の戸錠《とじょう》をおろし、*2封印《ふういん》までしたのです。

そしてその貨車が、横目駅をぶじにとおりすぎたことも、まちがいありません。

＊1　作品が書かれたころは、おもに蒸気機関車が走っていた
＊2　勝手に使ったり開閉するのを禁じるため、封《ふう》じ目に印をおしたり証紙《しょうし》をはったりすること

横目駅《よこめえき》の駅長《えきちょう》は、七両《りょう》めの貨車《かしゃ》に、貴重品《きちょうひん》がはいっていることをよく知っていましたから、その貨車には、とくべつに気をつけたのです。

封印《ふういん》のある貨車は、たしかに、七両めにつながっていました。駅長《えきちょう》ばかりでなく、三人の駅員《えきいん》が、それを見たのです。

ところが、列車《れっしゃ》が九時に矢倉駅《やぐらえき》について、いざ、つみおろしをしようとすると、その封印つきの貨物車《かもつしゃ》が、一両だけ、消《き》えうせていました。十五両つなぎの列車が十四両になっていたのです。

矢倉駅の駅長は、すぐに横目駅やその前の駅へ、電話をかけてたしかめましたが、どこの駅でも、たしかに十五両連結《りょうれんけつ》だったという答えです。

そして、封印つきの貨車が、七両めにつながれていたことも、まちがいないというのです。

長い列車の、まん中の一両だけが、一つの駅からつぎの駅へいくあいだに消えてなくなるなんて、人間の頭《あたま》では、考えられないことです。鉄道《てつどう》はじまっていらい、一度《ど》も例《れい》のないことです。

機関士《きかんし》も車掌《しゃしょう》も、この鉄道に、長いことつとめている、信用《しんよう》のおける人たちでした。そのふたりは、横目駅と矢倉駅のあいだで、列車は、一度《ど》もとまらなかったし、あやしいこともなかったというのです。

だいいち、とちゅうで列車《れっしゃ》をとめて、貨車《かしゃ》をはずしたりしていたら、きまった時間に矢《や》倉駅《ぐらえき》へつくことはできないはずです。

それから、矢倉駅と横目駅《よこめえき》の両方《りょうほう》から、蓄電池《ちくでんち》で動《うご》く＊トロッコをだして、二つの駅のあいだの線路《せんろ》をしらべましたが、なんのかわったようすもないことがわかりました。貨車はどこにも、のこっていなかったのです。

あの大きな貨車が、煙《けむり》のように消《き》えうせてしまうなんて、人間の知恵《ちえ》では考えられないことです。

この事件《じけん》には、なにか、人間以上《いじょう》の力がはたらいているのではないでしょうか。

そこまで考えてくると、もうほかに答えはありません。

駅長《えきちょう》も、警察署長《けいさつしょちょう》も、村長《そんちょう》も、村のおもだった人たちも、すぐに「巨人《きょじん》の腕《うで》」のことを思いだしました。

あのばけものなら、人間にできないことも、やすやすと、やってのけるにちがいないのです。

「しかし、巨人の腕が、つかみとったとすれば、列車《れっしゃ》ぜんたいが、ひどくゆれただろうが、機関士《きかんし》も車掌《しゃしょう》も、それを感《かん》じていないのはへんだね。」

＊ 工事現場などでレールの上を走らせる屋根のない運搬用《うんぱんよう》の車

「そこが魔物《まもの》だよ。人間の知恵《ちえ》では、考えられないことが、あのばけものには、ぞうさなくやれるのかもしれない。」

「だが、貨車《かしゃ》を一つだけつかみあげたとすれば、七両《りょう》めからあとの貨車は、連結《れんけつ》が切れてしまうから、そこにとりのこされたはずじゃないか。」

「それが、やっぱり人間の知恵だよ。あの巨人《きょじん》なら、貨車をぬきとって、前の車とあとの車を、手ばやく連結することだって、わけはないかもしれない。

なにしろ相手《あいて》は、でっかいやつだ。ちょうど、子どもが、おもちゃの汽車《きしゃ》をいじるようなもんだからね。」

そんな会話が、方々《ほうぼう》でくりかえされました。

そして、村の人たちの八割《わり》までが「巨人の腕《うで》」のしわざにちがいないと、信《しん》じるようになったのです。

美術品《びじゅつひん》の持《も》ち主《ぬし》のお金持ちは、相手がばけものであろうが、人間であろうが、美術品をとりもどしてくれた人には、百万円*のお礼《れい》をすると、警察分署長《けいさつぶんしょちょう》や村長《そんちょう》に話し、それが村じゅうにつたわりました。

また、土地の新聞にも、そのことが、でかでかと書きたてられたのでした。

＊現在の約一千万円

少年名探偵《しょうねんめいたんてい》

そのあくる日の夕方になっても、貨車紛失事件《かしゃふんしつじけん》には、なんの新しい発見《はっけん》もありませんでした。さすがに警察分署長《けいさつぶんしょちょう》は、巨人《きょじん》の腕《うで》などという、怪談《かいだん》を信《しん》じていたわけではありませんから、本署《ほんしょ》とも連絡《れんらく》して、手をつくして、捜索《そうさく》したのですが、まったく手がかりがないのです。

その夕方、分署長の波野警部補《なみのけいぶほ》は、トキワ館《かん》の近くに用事《ようじ》があったので、その帰りにトキワ館に立ちよって、応接間《おうせつま》で主人《しゅじん》と話しこんでいました。

「なんどいっても同じことだが、こんなふしぎな事件《じけん》は、生まれてはじめてですわい。貨《か》物列車《もつれっしゃ》のまん中の、一両《りょう》だけが消《き》えてなくなるなんて。しかも、あの列車は、横目駅《よこめえき》を出たのも、矢倉駅《やぐらえき》についたのも、時間表《じかんひょう》のとおりで、一分《ぷん》も、おくれちゃいない。貨車をとりはずすひまなんか、ぜったいになかったのじゃ。じつにまた、ふしぎな事件ですよ。どうやら、わしも、巨人の腕というやつを、信じそうになってきましたわい。」

分署長は、井上少年《いのうえしょうねん》のおじさんのトキワ館の主人とは、碁《ご》の友だちでたいへん仲《なか》よしでしたから、なんのかくしだてもしないで、ぐちをこぼすのでした。

「いや、おさっししますよ。日ごろは平和《へいわ》な村で、事件《じけん》がなくてこまるほどだが、こんなとほうもない大事件《だいじけん》がおこっては、あんたも、たいていじゃありませんな。」

「うん、いなかの分署長《ぶんしょちょう》には、手におえませんわい。警視庁《けいしちょう》の名探偵《めいたんてい》でもきてくれなくっちゃね。ハハハ……。」

分署長の波野《なみの》さんは、お茶をすすりながら、にが笑《わら》いをするのでした。

そこへ、バタバタと、あわただしい足音がして、井上少年《いのうえしょうねん》がかけこんできました。

「おじさん、わかりましたよ。ぼくらの団長《だんちょう》の小林《こばやし》さんが、発見《はっけん》したんです。幸《こう》ちゃんって子どもね、あの子は悪者《わるもの》に、お金をもらって、みんなをだましていたんです。いまここへつれてきますよ。」

「え、なんだって？　幸ちゃんが、うそをついていたんだって？」

おじさんと分署長の波野さんは、顔《かお》を見あわせて、おどろいています。

そこへ小林少年《こばやししょうねん》とノロちゃんが、あの森の木のてっぺんに、ひっかかっていた幸ちゃんという子どもをつれて、はいってきました。

「うん、佐多《さた》の幸ぼうじゃね。どうしたんじゃ。きみが、うそをついていたというのは、ほんとうか。」

波野さんが、やさしくたずねました。幸ちゃんは、制服姿《せいふくすがた》の警部補《けいぶほ》を、じろりとうわ目で見て、うつむいてしまいました。そして、クシュン、クシュンと、鼻《はな》をすすって、だまりこんでいます。人の心を見ぬくことになれた波野《なみの》さんには、幸《こう》ちゃんがうそをいっていたということが、すぐにわかりました。

幸ちゃんがだまっているので、小林君《こばやしくん》が、わけを話しました。

「幸ちゃんは、うそつきの名人だそうですね。でも、こんどは、ひと晩《ばん》、うちへ帰らなかったし、あんな高い木の上で泣《な》いていたので、みんながほんとうだと思ったのです。だまされてしまったのです。ぼくは、井上君《いのうえくん》とノロちゃんが、白犬が空にのぼっていくのを見たときから、考えつづけていました。明智先生《あけちせんせい》のやりかたをまねて、いっしょうけんめいに考えたのです。そして、巨人《きょじん》の腕《うで》の秘密《ひみつ》を、といたのです。」

「なに、きみが、秘密をといたって?」

分署長《ぶんしょちょう》さんは、信《しん》じられないというような顔《かお》つきで、小林君を見つめました。

「ええ、とけたつもりです。巨人のうわさは、みんな、つくり話です。悪者《わるもの》が、村の人たちをだましていたのです。

その秘密をとくのには、子どもの幸ちゃんを説《と》きふせて、白状《はくじょう》させるのが、いちばん早《はや》道《みち》だと思いました。それでぼくはきょう、お昼すぎに幸ちゃんをつかまえて、長い時間かかって、やっと、白状させることができたのです。

ぼくは、持っているだけのお金を、みんなやるからといって、幸《こう》ちゃんにたのみました。もし幸ちゃんが、うそをいってるのだったら、別荘《べっそう》のおじさんに、何千万円という、損害《そんがい》をあたえるばかりでなく、警察《けいさつ》や、鉄道《てつどう》や、村の人みんなに、どれほどめいわくをかけるかわからない。きみが、白状《はくじょう》しても、けっして、みんなが、しからないようにたのんでやるから、といって、いっしょうけんめいに、説《と》きつけたのです。」

「うん、えらい。さすがは明智先生《あけちせんせい》の弟子《でし》じゃ。それで？」

分署長《ぶんしょちょう》さんは、感心《かんしん》したように、ことばをはさみました。

「幸ちゃんは、二時間ぐらいたって、やっと白状しました。悪者《わるもの》に、たくさんお金をもらって、あんなしばいをやったのです。あの晩《ばん》は、近くのお百姓《ひゃくしょう》さんの納屋《なや》の、わらの中で寝《ね》たんだそうです。そして、夜明けまえに、悪者に手つだってもらって、あの高い木のてっぺんへ、あがったのです。そのとき悪者が、幸ちゃんの顔《かお》や手に、どろをぬったり、きずをつけたりしたんだそうです。その前に、幸ちゃんが空をとんだというのは、みんな、悪者におしえられた、つくり話だったのです。……幸ちゃん、ぼくがいまいったこと、ちがっていないね！」

すると、幸ちゃんは、うつむいたまま、また、クシュン、クシュンと、鼻《はな》をすりながら、二度《ど》もうなずいてみせました。

「ふうん、そうだったのか。分署長《ぶんしょちょう》のわしがそこへ気がつかなかったとは、じつにもうしわけがない。小林君《こばやしくん》、お礼《れい》をいいます。よく、そこまでやってくれた。」

波野《なみの》さんは、人のよい笑《わら》い顔《がお》で、心から小林君をほめてくれるのでした。そのとき、井《い》上君《のうえくん》のおじさんのトキワ館《かん》の主人《しゅじん》が、口をはさみました。

「さすがは、少年探偵団《しょうねんたんていだん》の団長《だんちょう》だね。おじさんも感心《かんしん》したよ。それじゃ、ほかのことも、きみには、わかっているんだろうね。ニワトリがぬすまれたことだとか、牛が足をおったことだとか、畑《はたけ》に、大きな穴《あな》があいていたことだとか、それから、きみたちのうちふたりが見た、白犬が、つかみあげられたことだとか……」

「みんな、うそっぱちですよ。」

小林君が、そくざにこたえました。

「ニワトリは、ちょうど巨人《きょじん》の腕《うで》がやぶりでもしたように、鳥小屋《とりごや》を大きくやぶって、ぬすんでいっただけですし、牛は、ただ、なにかで足をなぐって、立てないようにして、空から落《お》とされたように見せかけたのだし、畑も、シャベルかなんかで、巨人がつかみとったようなあとをつけたのですよ。

それから、井上君とノロちゃんが見た白犬も、手品《てじな》だったのです。きっと、こんなふうにやったのだと思います。悪者《わるもの》が白犬をつかまえて、黒い、ほそいひもか、針金《はりがね》でしばり、自分はあの森の、いちばん高い木のてっぺんにのぼって、ふたりがとおりかかるのを、待ちかまえていたのです。そして上からひもをひっぱって、白犬をつりあげてみせたのです。だから、井上君《いのうえくん》にもノロちゃんにも、巨人《きょじん》の腕《うで》は見えなかったはずです。気のせいで、なんだか黒い腕のようなものが見えたと思ったばかりですよ。ふたりとも巨人の腕の話をうんと聞かされていたので、うまくごまかされたのです。悪者《わるもの》は、ぼくたちに、あの白犬のつかまれているところを見せれば、こわくなって、早く東京《とうきょう》へ帰るだろうと、思ったのでしょう。」

「ふうん、じつによく、すじみちがたっている。明智先生《あけちせんせい》は、いい弟子《でし》を持たれたなあ。東京には、こんなかしこい子どもがいるかと思うと、いなか署長《しょちょう》は顔《かお》まけじゃ。ウフフフ……」

波野《なみの》さんは、つくづく感《かん》じいったという顔《かお》つきで、また小林君《こばやしくん》をほめあげましたが、ことばをつづけて、

「ところで、そうなると、わしとしては、犯人《はんにん》をつかまえなければならん。小林君、きみは犯人を知っとるのかね。すくなくとも、幸《こう》ぼうは、犯人にたのまれて、ああいうことをやったのだから、犯人の顔を見ているはずじゃが……」

これにも小林君は、すぐこたえました。

「犯人《はんにん》は変装《へんそう》していたと思います。ですから、幸《こう》ちゃんにもわからないのです。ぼくも、たしかなことはいえません。でも、あれではないかという、容疑者《ようぎしゃ》はあります。」

「なに、容疑者まで、わかっとるのか。」

波野《なみの》さんはもう、感心《かんしん》どころではありません。すっかり、おどろいてしまいました。

「まだいまのところ、うたがいだけです。ほんとうの証拠《しょうこ》はありません。でも、はやくその容疑者をつかまえて、しらべてみる値打《ねう》ちはあると思います。ですから、分署長《ぶんしょちょう》さんだけにお話しします。もし、まちがっていたら、その人にもうしわけありませんからね。」

「いや、まいった、おとなもおよばぬ心づかいじゃ。小林君《こばやしくん》、わしは、年はきみの三倍《ばい》もあるが、これからきみの弟子《でし》になりたいもんじゃね。うん、よしよし、廊下《ろうか》へ出て、そっと、きみの話を聞きましょう。」

そしてふたりは、仲《なか》のよい親子《おやこ》のように、廊下へ出ていきましたが、しばらくすると、波野さんは小林君の手をひいて、にこにこしながら、もどってきました。

「小林君は、重大《じゅうだい》な証拠《しょうこ》を、わしにくれました。それは、小林君が自分でとった、ある人《じん》物《ぶつ》の写真《しゃしん》じゃが、くわしいことは、まだいわないでおきましょう。ね、それがいいね、小林君。」

波野さんは、目じりに、いっぱいしわをよせて、かわいくてたまらぬというように、小林君の顔《かお》を見るのでした。

「ええ。」

小林君《こばやしくん》も、ニッコリして、分署長《ぶんしょちょう》を見あげました。

ちょうどそのとき、玄関《げんかん》のほうに、あわただしい靴音《くつおと》がして、

「分署長さんは、こちらへきておられませんか。」

という声が、聞こえてきました。

「ここにおいでじゃ。どなたです。」

井上君《いのうえくん》のおじさんがどなりますと、ひとりの警官《けいかん》が、応接間《おうせつま》へとびこんできました。分署の警官です。

「分署長さん、たいへんです。あの貨車《かしゃ》が見つかりましたっ。」

まだ若《わか》い警官は、暑《あつ》くもないのにまっ赤《か》な顔をして、汗《あせ》を流《なが》しています。

小林少年《こばやししょうねん》の推理《すいり》

「どこで見つかった?」

波野《なみの》さんも、井上君のおじさんも、おもわず、イスから立ちあがりました。

「森の中です。ごぞんじのように、横目駅《よこめえき》と、矢倉駅《やぐらえき》のあいだに、森野製材株式会社《もりのせいざいかぶしきがいしゃ》のためにひいた、専用《せんよう》の支線《しせん》があります。材木《ざいもく》をつみだすことは、月に五、六回しかありませんから、へいぜいは、つかわない線です。あの支線の通り道に、ちょっとした森がありますね。その森のまん中に、貨車《かしゃ》がとめてあったのです。横目駅の駅員《えきいん》が、ついいましがた、それを発見《はっけん》したんです。」

「で、中の美術品《びじゅつひん》は?」

「かさばるものは、そのまま、のこってますが、持ちはこびできる目ぼしいものは、すっかりなくなっています。近くの農家《のうか》から、聞きこんだのですが、あの晩《ばん》、そのへんを、トラックのとおる音がしたということです。犯人《はんにん》がトラックで、美術品をはこんだらしいのです。」

「やっぱり、そうだったか。小林君《こばやしくん》が明察《めいさつ》したとおり、巨人《きょじん》の腕《うで》じゃなかった。やっぱり犯人《はんにん》は人間だったね。……よしっ、それじゃ、きみ、いそいで本署《ほんしょ》へかけつけてくれたまえ。容疑者《ようぎしゃ》の手配《てはい》だっ。そいつの写真《しゃしん》がここにある。……ご主人《しゅじん》、ちょっと。」

波野《なみの》さんは、トキワ館《かん》の主人を手まねきして、警官《けいかん》と三人で、部屋《へや》を出ていきましたが、しばらくすると、主人とふたりだけが、もどってきました。さっきの警官は、写真を持って、横目町《よこめまち》の本署へかけつけたのでしょう。

さすがに波野《なみの》さんは、てきぱきと、事《こと》をはこびました。こんどは小林君《こばやしくん》が、感心《かんしん》する番でした。

波野さんは、部屋《へや》にもどって、イスにかけると、すぐに話しはじめました。

「ところで小林君、いまの巡査《じゅんさ》もいっていたが、進行中《しんこうちゅう》の列車《れっしゃ》から、どうして貨車《かしゃ》をぬきとることができたか、これが、だれにもわからないのじゃ。横目駅《よこめえき》でも、矢倉駅《やぐらえき》でも、みんなが頭《あたま》をあつめて研究《けんきゅう》したが、この謎《なぞ》は、どうしてもとけない。*妖怪変化《ようかいへんげ》のしわざとでも考えるほかはないというのじゃ。小林君、いくらきみでも、この秘密《ひみつ》はわかるまいね。」

「いいえ、わかっているのです。ぼくの推理《すいり》は、この貨車の問題《もんだい》から出発《しゅっぱつ》したのです。貨車の秘密がとけたので、ほかのことも、みんなわかってしまったのです。」

波野さんも、井上君《いのうえくん》のおじさんも、こんどこそ、心のそこから、びっくりしてしまいました。

いくら名探偵《めいたんてい》の弟子《でし》でも、進行中の列車のまん中から、一両《りょう》だけ貨車をとりはずすなんて、そんな魔法《まほう》をとくことができるのでしょうか。

「それじゃ、説明《せつめい》してごらん。いったい、どうしてあの貨車を、とりはずしたんだね。」

「ぼく、紙と鉛筆《えんぴつ》を持ってきます。絵をかかないと、うまく話せませんから。」

＊あやしいばけもの

小林君《こばやしくん》は、そういって、応接間《おうせつま》をかけだしていきましたが、やがて、大きな白い紙と、鉛筆《えんぴつ》とを持って、もどってきました。

そして、その紙をテーブルの上にひろげ、絵をかきながら説明《せつめい》をはじめるのでした。

「わかりやすくするために、十五両《りょう》でなくて、五両連結《りょうれんけつ》の貨物列車《かもつれっしゃ》としますよ。そして、一番めから五番目めまで、番号《ばんごう》をつけておきます。

とりはずすのは、三番目の三号車《ごうしゃ》ときめます。いいですか。そこで、この魔術《まじゅつ》をやるのには三人の人が、必要《ひつよう》です。ちょうど、ここに、ぼくたち子どもが三人いますね。ですから、仮《かり》に、ぼくたち三人で貨車《かしゃ》をぬきとるという、たとえ話で説明《せつめい》しますよ。

まず、三人のうちで、いちばん力の強い人、ぼくたちでいえば井上君《いのうえくん》ですね。その井上君が、この支線《しせん》のさいしょの駅《えき》で、列車がとまっているときに、機関士《きかんし》も車掌《しゃしょう》もまだ乗《の》りこまないうちに、この三号車の駅のほうからは見えない側《がわ》の戸をひらいて、中にしのびこむのです。

むろん夜ですよ。あの列車が、支線のさいしょの駅を出発《しゅっぱつ》したのは、午後七時ですからね。

そのとき封印《ふういん》を切って、錠《じょう》をねじあけるのですが、たとえば、ぼくならぼくが、井上君《いのうえくん》がしのびこんだあとで、貨車《かしゃ》の戸をしめ、錠や封印の紙をもとのようになおして、ちょっと見たのではわからないようにしておくのです。

井上君は、三号車《ごうしゃ》にはいるときに、長い、じょうぶなワイヤロープのまるめたのを、かついではいるのです。太さが三センチもあるロープですから、子どもでは持てません。おとなでも、よっぽど力がないとだめです。ここでは、仮《かり》に井上君が、それを持てたとしておくのですよ。

さて、列車《れっしゃ》は、あの晩《ばん》七時に出発しました。そして四つか五つの駅をすぎて、横目駅《よこめえき》につきます。あれから登《のぼ》り坂《ざか》になって、列車の速度《そくど》がひどくにぶりますから、そのときを見はからって、井上君はひじょうにむずかしい仕事《しごと》をやらなければなりません。いくら力が強くても井上君にはとてもできませんが、そういうことになれた、がんじょうな犯人《はんにん》ならば、できただろうと思うのです。

やっぱり井上君がやることにして、お話ししますが、井上君は、さっき錠をやぶっておいた、駅の反対側《はんたいがわ》の戸をひらき、ロープのはしを、からだにくくりつけて、三号車の外側《そとがわ》に出るのです。貨車の外側には、足がかりになるようなでっぱりが、かならずありますから、それをつたって、前の二号車《ごうしゃ》との、連結器《れんけつき》のところまで、たどりつくのです。

そして、連結器の上にまたがって、二号車の連結器の輪《わ》になったところへ、ロープのはしをとおしてねじりあわせ、その上から、細い針金《はりがね》でぐるぐるまきつけ、どんな力でひっぱっても、とけないようにするのです。

これで一つ仕事《しごと》がすみました。しかしまだあるのです。井上君《いのうえくん》はそこで、もとの三号車の中へもどって、こんどは、ロープのべつのはしをからだにくくりつけ、もう一度戸《ど》の外へ出て、うしろの四号車との、連結器のところまでたどりつき、前と同じように、四号車の連結器にロープのはしをくくりつけるのです。そうするとこんなふうになります。

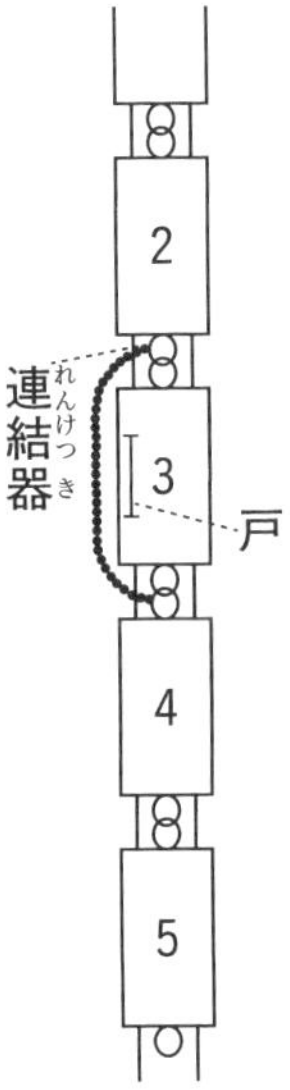

つまり、二号車と、四号車が、強いワイヤロープでつながれたことになるのです。そのロープは、三号車の駅《えき》のほうから見えない側《がわ》をとおっているので、ことに夜のことですから、めったに見つかる心配《しんぱい》はありません。

それから、また、井上君《いのうえくん》は、両方《りょうほう》の連結器《れんけつき》のところへ、いかなければなりません。こんどは、ロープはもう、くくりつけてしまったから、なんにも持たないで、貨車《かしゃ》の外をつたわっていくのです。そして、二号車《ごうしゃ》と三号車のあいだの連結器《れんけつき》と三号車と四号車のあいだの連結器をとりはずしてしまうのです。国鉄《こくてつ》の連結器は、そんなにかってにはずせませんが、いなかの私鉄《してつ》には、いまでも旧式《きゅうしき》な連結器がついているのがあるので、はずそうと思えば、はずれるのです。

これで三号車が、宙《ちゅう》にういてしまいました。前の貨車にも、うしろの貨車にも、つながっていないのです。でも、うしろの四号車は、二号車からのロープでひっぱられているので、あいだにはさまっている三号車も、うしろからおされて進《すす》むのです。」

大魔術《だいまじゅつ》

小林君《こばやしくん》の説明《せつめい》はつづきます。

「登《のぼ》り坂《ざか》が、おわったところに、製材会社《せいざいがいしゃ》の支線《しせん》があります。そこで、レールが二またにわかれているのです。

そのそばに、レールをあっちへやったり、こっちへやったりするポイントがあります。

ポイントは、ふつう、駅《えき》の構内《こうない》にあるのですが、あの支線《しせん》は駅から遠いので、レールのすぐそばにとりつけてありますね。絵にかけば、こんなふうです。

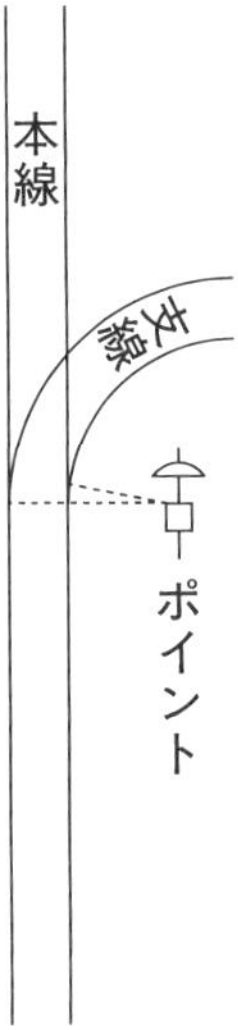

この支線とのわかれめのポイントのところに、三人の犯人《はんにん》のうちで、いちばんすばやいやつが、待ちかまえています。トラックに乗《の》って、さきまわりをしているのです。この役《やく》目《め》は、ぼくでしょうね。ぼくが、井上君《いのうえくん》やノロちゃんより、すばしっこいかどうかわかりませんけれどね。

そこで、ぼくが、ポイントのところで待ちかまえていますと、むこうから、貨物列車《かもつれっしゃ》がやってきます。坂《さか》をのぼりきったところですから、まだ、そんなに速力《そくりょく》は出ていません。ぼくは、ポイントの棒《ぼう》をにぎって、いつでもたおせるように身《み》がまえをします。機関車《きかんしゃ》がレールのわかれめを、とおりすぎました。つぎに、一号車《ごうしゃ》、二号車、その二号車の車が、レールのわかれめを、とおりすぎたしゅんかんに、ぼくは、パッとポイントをたおします。するど、レールが支線のほうにつながるので、三号車は、本線《ほんせん》をはなれて、支線のほうへはいっていきます。

そして三号車《ごうしゃ》が、わかれめをとおりすぎたしゅんかんに、ぼくはまた、ポイントをパッともとにもどします。そうすると、つぎの四号車の車は支線《しせん》のほうへまがらないで、まっすぐに本線《ほんせん》を進《すす》んでいくわけです。この絵のとおりですよ。

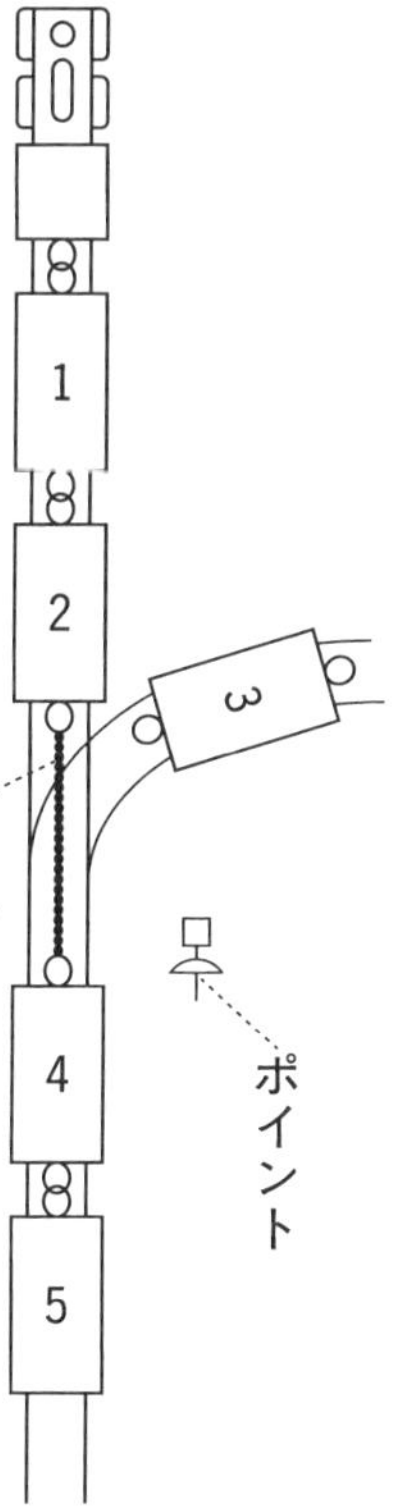

ね、わかるでしょう。ほんとうに、いちかばちかの仕事《しごと》です。だから、この役目《やくめ》は、すばやい人でなくてはつとまらないのですよ。そうして、三号車が支線にはいっても、二号車と四号車とは、ワイヤロープでつながれていますから、四号車からあとの貨車《かしゃ》も、そのまま進んでいくのです。

三号車にいた井上君《いのうえくん》はどうするかといいますと、支線にはいるまえに、二号車のうしろに、とりすがっているのです。貨車のうしろには、列車《れっしゃ》の屋根《やね》へのぼるための鉄《てつ》ばしごが、とりつけてありますから、この鉄ばしごにすがりついているのです。

さて、ここで、ノロちゃんの役目《やくめ》があります。いやノロちゃんは、からだが小さいし、力もないが、ほんとうの犯人《はんにん》は、もっと大きくて、強いやつです。その犯人を、仮《かり》に、ノロちゃんとしますと、ノロちゃんは、支線《しせん》のわかれめと製材会社《せいざいがいしゃ》とのあいだにある森の中に、待っているのです。ノロちゃんも、ぼくといっしょに、トラックで、さきまわりをしていたわけですよ。そして、そのトラックも、支線の森の中にかくしてあるのです。

ぼくがポイントをたおして、支線に送《おく》りこんだ三号車《ごうしゃ》は、いきおいがついているので、ぐんぐん進《すす》み、ちょうど森のへんで、速力《そくりょく》がにぶってきます。ノロちゃんは、その貨車《かしゃ》へとびついて、ブレーキをふむのです。

国鉄《こくてつ》の列車《れっしゃ》は、みんな、圧縮空気《あっしゅくくうき》のブレーキですが、いなかには、まだ足ぶみブレーキの貨車がのこっています。美術品《びじゅつひん》のつんであったのは、その旧式《きゅうしき》の貨車だったのです。こんなふうに、貨車の横《よこ》に、長い鉄《てつ》の棒《ぼう》があって、人間が、その上にのって、ぐいぐいふめば、ブレーキがかかるようになっているのです。ノロちゃんは、そのブレーキをふんで、貨車を森の中でとめる役です。

そこへ、ぼくもかけつけて、ふたりで、貨車の中の、めぼしい美術品をはこびだし、待たせておいたトラックにつみこみ、すぐに東京《とうきょう》のほうへ、出発《しゅっぱつ》するというわけです。

これで、目的《もくてき》をはたしたのですが、本線《ほんせん》を進《すす》んでいる列車のほうに、まだ仕事《しごと》がのこっています。井上君《いのうえくん》は、それをやらなければなりません。

井上君は、二号車《ごうしゃ》のうしろの鉄《てつ》ばしごにとりすがったまま、矢倉駅《やぐらえき》の近くまでいきます。そして、機関車《きかんしゃ》がブレーキをかけて速度《そくど》をゆるめるのを待っています。長い貨物列車《かもつれっしゃ》は、駅のずっとてまえから、ブレーキをかけるのです。で、機関車がブレーキをかけますと、二号車までは速度がおそくなります。ところが四号車からあとは、ロープでひかれているのですから、いきおいがついていて、ぐんぐん進《すす》みますから、前の貨車《かしゃ》にドシンとぶっつかるわけです。

井上君は、それを待っているのです。そして、二号車と四号車とが、ぶつかってくっついたときに、二つの貨車の連結器《れんけつき》を、ガチャンとはめて、両方《りょうほう》の連結器にくくりつけてあったロープをとくのです。ほそい針金《はりがね》で巻《ま》いてあるのを、ペンチで、切りはなしてしまうのです。

そして、ロープをレールの横《よこ》へなげだしておいて、自分も列車からとびおり、ロープをエッチラオッチラとひっぱって、近くの木のしげみの中へかくれてしまうのです。

こうすれば、長い列車のまん中の貨車を一両《りょう》だけ、ぬすみだせるわけですよ……。

ああ、くたびれた。ぼくの説明《せつめい》は、これでおしまいです。話すと、ひどくややっこしいけれど、やってみれば、わりにかんたんかもしれませんよ。でも、ぼくらの力では、とてもできません。あの容疑者《ようぎしゃ》のような、大男たちでなくっちゃあ。」

やっと、小林君《こばやしくん》の長話がおわりました。

波野《なみの》さんも井上君《いのうえくん》のおじさんも、しばらくのあいだだまりこんでいました。ものもいえないほど感《かん》じいってしまったのです。しばらくして波野分署長《なみのぶんしょちょう》が、ため息まじりに、口をひらきました。

「ああ、わしゃ、はずかしくなったよ。こんな子どもが、これほどの推理《すいり》をしようなんて。……ああ、明智先生《あけちせんせい》はえらい。こんなりっぱな少年助手《しょうねんじょしゅ》を、そだてなすったのだからなあ。」

それにつづいて、井上君のおじさんも、

「うん、わしは、じつは、少年探偵団《しょうねんたんていだん》なんて子どもの遊《あそ》びごとだと、けいべつしていたが、こういう、えらい団長《だんちょう》といっしょにはたらいているのなら、一郎《いちろう》も、しあわせというもんだ。一郎、しっかりやるんだぞ。」

と、ほめそやすのでした。一郎というのは、井上君の名です。

さて、そのあくる日の夕方のことです。波野分署長が、こおどりするようなかっこうで、トキワ館《かん》にとびこんできました。

「おい、小林君、小林君はいないか。犯人《はんにん》がつかまったぞ。」

大きな声で、どなりちらすものですから、小林君《こばやしくん》たち三人はもちろん、おじさんも、番《ばん》頭《とう》さんや女中《じょちゅう》さんまで、玄関《げんかん》へ集《あつ》まってきました。

「ほんとうに、つかまったのですか。」

小林君が、うれしそうに聞きますと、波野《なみの》さんは、にこにこと、表情《ひょうじょう》をくずしながら、

「うん、つかまった。わしはあれからすぐに、本署《ほんしょ》に連絡《れんらく》して、*1非常線《ひじょうせん》をはってもらった。東京《とうきょう》の警視庁《けいしちょう》へも報告《ほうこく》した。すると、きょうの昼まえに、あの三人組が、東京で、警視庁の刑事《けいじ》たちにつかまったのだ。

美術品《びじゅつひん》もすっかりもどった。別荘《べっそう》のご主人《しゅじん》も大よろこびじゃ。おい、小林君、百万円はきみのもんだぜ。それから、県《けん》の警察署長《けいさつしょちょう》から表彰状《ひょうしょうじょう》がもらえる。それにも*2金一封《きんいっぷう》がついているぞ。おかげで、わしも鼻《はな》が高いというものじゃ。

おい、小林君。わかったぞ。きみが、どうしてあの三人組に気がついたか、わかったぞ。『三人』ということじゃ。あの貨車《かしゃ》どろぼうは、三人いないとできないということじゃ。ちょうど、その三人づれの東京の客《きゃく》が、あの日の昼間に帰っていった。帰ったと見せかけて、貨車どろぼうの用意《ようい》にとりかかったのじゃ。

それにしても、きみがあの三人を、そっと写真《しゃしん》にとっておいたのは、機敏《きびん》だったぞ。もしあの写真《しゃしん》がなかったら、なかなかつかまらぬところじゃった。なんにしても小林君、

＊1　火事や犯罪事件が起こったとき、一定の区域に一般の人の立ち入りを禁止し、警官を守りにつかせること

きみみたいな、ぬけめのない少年を、わしゃ見たことがないぞ。」

あまりほめられるので、小林君《こばやしくん》は、てれたように顔《かお》を赤くして、

「ええ『三人』だったということもあります。それから、白犬の事件《じけん》のあった晩《ばん》、三人の中のひとりが野天《のてん》ぶろへはいってきて、巨人《きょじん》の腕《うで》の話をして、ぼくたちをこわがらせようとしたのです。そのときからぼくは、なんだかへんだなと、思っていました。それで、あの三人に、気をつけていると、いろいろあやしいことがあったのです。」

「うん、そうじゃろう。きみのような少年に、にらまれては、やつらも、運《うん》のつきじゃったのう。ワハハハ……。」

そのとき、どこからか電話がかかってきましたので、井上君《いのうえくん》のおじさんが、電話口に出ましたが、話を聞きおわると、にこにこして、三人の少年によびかけました。

「おい、＊吉報《きっぽう》だぞ。別荘《べっそう》のご主人《しゅじん》から電話でね、きみたち三人をつれて、すぐにきてくれというんだ。百万円のお礼《れい》を、はやくわたしたいからってね。……だが、小林君、百万円もらったら、きみはどうするつもりだね。」

「少年探偵団《しょうねんたんていだん》の基金《ききん》にして、明智先生《あけちせんせい》にあずけます。そうすれば、探偵《たんてい》七つ道具《どうぐ》だって、団員《だんいん》みんなに買ってやることができますからね。」

それを聞くと、井上君とノロちゃんが、両方《りょうほう》から、小林団長《こばやしだんちょう》に、すがりついていきまし

＊めでたい知らせ

た。

そして、声をそろえて、

「小《こ》林《ばやし》さん、よかったね。よかったねえ。」

と、いいつづけるのでした。

解説

なぞ、トリック、そして推理《すいり》

山《やま》前《まえ》　譲《ゆずる》
（推理小説研究家）

この『空飛《そらと》ぶ二十面相《めんそう》』には、「妖星人《ようせいじん》R《アール》」のタイトルで「少年」に昭和三十六（一九六一）年一月号から十二月号まで（四月は休み）連載《れんさい》された『空飛ぶ二十面相』と、「少年クラブ」の昭和三十一（一九五六）年一月増刊号《ぞうかんごう》に発表された『天空《てんくう》の魔人《まじん》』の二作が収《しゅう》録《ろく》されています。

『空飛ぶ二十面相』は、ネジのように光の尾がグルグルまわっている、奇妙《きみょう》な星の地球接《ちきゅうせっ》近《きん》からはじまります。R《アール》すい星《せい》と名づけられたその星は、地球に衝突《しょうとつ》するのではないかと大騒《おおさわ》ぎになりました。また、巨大《きょだい》な宇宙船《うちゅうせん》ではないかという天文学者もでてきました。そんなさなか、巨大なカニの形をした怪物《かいぶつ》が目撃《もくげき》されます。Rすい星からきたというそのカニ怪人《かいじん》は、書庫に厳重《げんじゅう》にしまわれていた仏像を盗《ぬす》んでしまうのです。しかも、おおぜいの人がとりかこんでいたその書庫から、けむりのように消えてしまいました。さらにカニ怪人《かいじん》は、少年探偵団《しょうねんたんていだん》の一員である井上君《いのうえくん》の姿《すがた》を見えなくしてしまったり、美術館のたくさんの美術品をあっという間にうばったりします。

「カニ怪人というやつは、人間わざではできないことをやったのです。地球《ちきゅう》の人間には知られていない、恐《おそ》ろしい力を持っているのでしょうか。」

と、小林君《こばやしくん》は明智探偵《あけちたんてい》にききました。

こんな魔法《まほう》のような、なぞだらけのできごとを見たら、だれでもそう思うでしょう。しかし明智探偵は、「わたしは信《しん》じない。」というのです。そのことばどおり、明智探偵は最後にこれらのなぞをひとつひとつ解明してくれます。けっしてそれは魔法ではありません。推理《すいり》していけばきちんと分かることなのです。

もう一作の『天空《てんくう》の魔人《まじん》』でも、大きな犬が巨大な腕《うで》につかまれたかのように宙《ちゅう》に引きあげられたり、十五両連結《りょうれんけつ》の貨物列車《かもつれっしゃ》から一両だけ列車が消えたりしています。

推理小説のなかではこうした不思議なできごとや、なぞめいた現象がよく描《えが》かれますが、それを可能にしてしまう方法をトリックといいます。奇術《きじゅつ》のトリックと同じ意味です。人の出入りができない部屋からものが盗《ぬす》まれたり、姿が消えたり、空を飛んだり、同一人物が同じ時刻に二箇所《かしょ》で目撃《もくげき》されたりするような、常識《じょうしき》では不可能なことをなんとか可能にしようと、頭をひねってきたのが推理作家《すいりさっか》なのです。

江戸川乱歩《えどがわらんぽ》はとくにこのトリックにこだわりをみせた作家といえるでしょう。少年探偵《しょうねんたんてい》団《だん》のシリーズにもたくさんの不思議なできごとが書かれています。怪人《かいじん》二十面相《めんそう》はさまざまなトリックで明智探偵《あけちたんてい》に挑戦《ちょうせん》していました。

作家であると同時に評論家《ひょうろんか》・研究家でもあった江戸川乱歩は、このトリックをきちんと整理する仕事をしています。たくさんの推理小説《すいりしょうせつ》を読み、こまかくトリックを分類したのです。それは「類別《るいべつ》トリック集成《しゅうせい》」としてまとめられています。主な分類には、

カニ怪人があらわれたという千葉県・銚子の漁港

①犯人（又は被害者《ひがいしゃ》）の人間に関するトリック
②犯人が現場に出入りした痕跡《こんせき》についてのトリック
③犯行の時間に関するトリック
④兇器《きょうき》と毒物に関するトリック
⑤人及《およ》び物の隠《かく》し方トリック

といったものがありました。
①は一人二役や二人一役で他人をごまかすようなものです。②は主に密室《みっしつ》と言われます。鍵《かぎ》のかかった部屋で

死体が発見される、密室殺人《みっしつさつじん》のなぞは聞いたことがあるでしょう。③は現場不在証明《アリバイ》と呼ばれます。犯罪《はんざい》のあった時刻にアリバイがあれば、ふつうは犯人ではありません。

すでに読んだ人はお分かりでしょうが、『空飛ぶ二十面相』にはここに分類されるトリックがいくつも使われています。そのトリックがなぞを作っていくのです。だれも使ったことのない、独創的《どくそうてき》なトリックを考えつくことができれば最高ですが、同じ人間の考えることです。そう簡単には新しいトリックはできません。『天空《てんくう》の魔《ま》

蒸気機関車にひかれた貨物列車（昭和33年）
交通博物館提供

人《じん》』の列車消失トリックも、じつは外国作品からヒントをえています。

ですが、トリックをもちいた推理小説《すいりしょうせつ》でいちばん大切なところは、きちんとした推理によって解決されることなのです。あてずっぽうで真相《しんそう》が分かることもあるでしょう。なんとなく怪《あや》しいと思った人物が犯人《はんにん》のときもあるかもしれません。でも作者は、小説のそこかしこに真相につながる手がかりを隠《かく》し、読者の推理をまっています。明智探偵《あけちたんてい》や小林少《こばやししょう》年《ねん》と同じように、手がかりを整理し、順序だてて考え、きっとこんなトリックに違《ちが》いない、

きっとあの人が犯人《はんにん》に違いないと、論理的《ろんりてき》に推理《すいり》していくことをぜひ楽しんでください。

こうした推理はなにも小説の世界だけとはかぎりません。日常生活のなかでふとおかしいなと思ったことを、とことん調《しら》べて推理してみるのも面白《おもしろ》いものです。そんな目で見ると、わたしたちのまわりにはけっこう不思議なできごとがありますよ。

編集方針について

現代の読者に親しんでいただけるよう、次のような方針で編集いたしました。

一　第二次世界大戦前の作品については、旧仮名づかいを現代仮名づかいに改めました。

二　漢字の中で、少年少女の読者にむずかしいと思われるものは、ひらがなに改めました。

三　少年少女の読者には理解しにくい事柄や単語については、各ページの欄外に注（説明文）をつけました。

四　原作を重んじて編集しましたが、身体障害や職業にかかわる不適切な表現については、一部表現を変えたり、けずったりしたところがあります。

五　『少年探偵・江戸川乱歩全集』（ポプラ社刊）をもとに、作品が掲載された雑誌の文章とも照らし合わせて、できるだけ発表当時の作品が理解できるように心がけました。

以上の事柄は、著作権継承者である平井隆太郎氏のご了承を得ました。

ポプラ社編集部

本書は1999年３月ポプラ社から刊行
された作品を文庫版にしたものです。

文庫版 少年探偵・江戸川乱歩　第25巻

空《そら》飛《と》ぶ二十面相《めんそう》

発行　2005年２月　第１刷
　　　2021年３月　第10刷

作家　江戸川乱歩《えどがわらんぽ》

装丁・画家　藤田新策《ふじたしんさく》

発行者　千葉 均

発行所　株式会社ポプラ社

東京都千代田区麹町4-2-6　8・9F　〒102-8519

ホームページ　www.poplar.co.jp

印刷・製本　図書印刷株式会社

落丁、乱丁本はお取り替えいたします。
電話（0120-666-553）または、ホームページ（www.poplar.co.jp）
のお問い合わせ一覧よりご連絡ください。
※電話の受付時間は、月～金曜日 10時～17時です（祝日・休日は除く）。
読者の皆様からのお便りをお待ちしております。
いただいたお便りは著者にお渡しいたします。

*N.D.C.*913　230p　18cm　ISBN978-4-591-08439-7

P8005025